奶口卡 ✖ 著

「……你的手真好看。」
「是吗。」
「是我见过最好看的手。」

Zhi Jian
Mei Xue

指尖美学

长江出版社
CHANGJIANG PRESS

图书在版编目（CIP）数据

指尖美学 / 奶口卡著 . — 武汉：长江出版社，2024.12. --ISBN 978-7-5492-9789-4

Ⅰ.I247.5

中国国家版本馆CIP数据核字第2024JB0112号

指尖美学 / 奶口卡 著
ZHIJIAN MEIXUE

出　　版	长江出版社
	（武汉市解放大道1863号）
出版统筹	曾英姿
市场发行	长江出版社发行部
网　　址	http://www.cjpress.cn
责任编辑	陈　辉
印　　刷	湖南天闻新华印务有限公司
版　　次	2024年12月第1版
印　　次	2024年12月第1次印刷
开　　本	880mm×1230mm 1/32
印　　张	9
字　　数	187千字
书　　号	ISBN 978-7-5492-9789-4
定　　价	48.60元

版权所有，侵权必究。如有质量问题，请与本社联系退换。
电话：027-82926557（总编室）027-82926806（市场营销部）

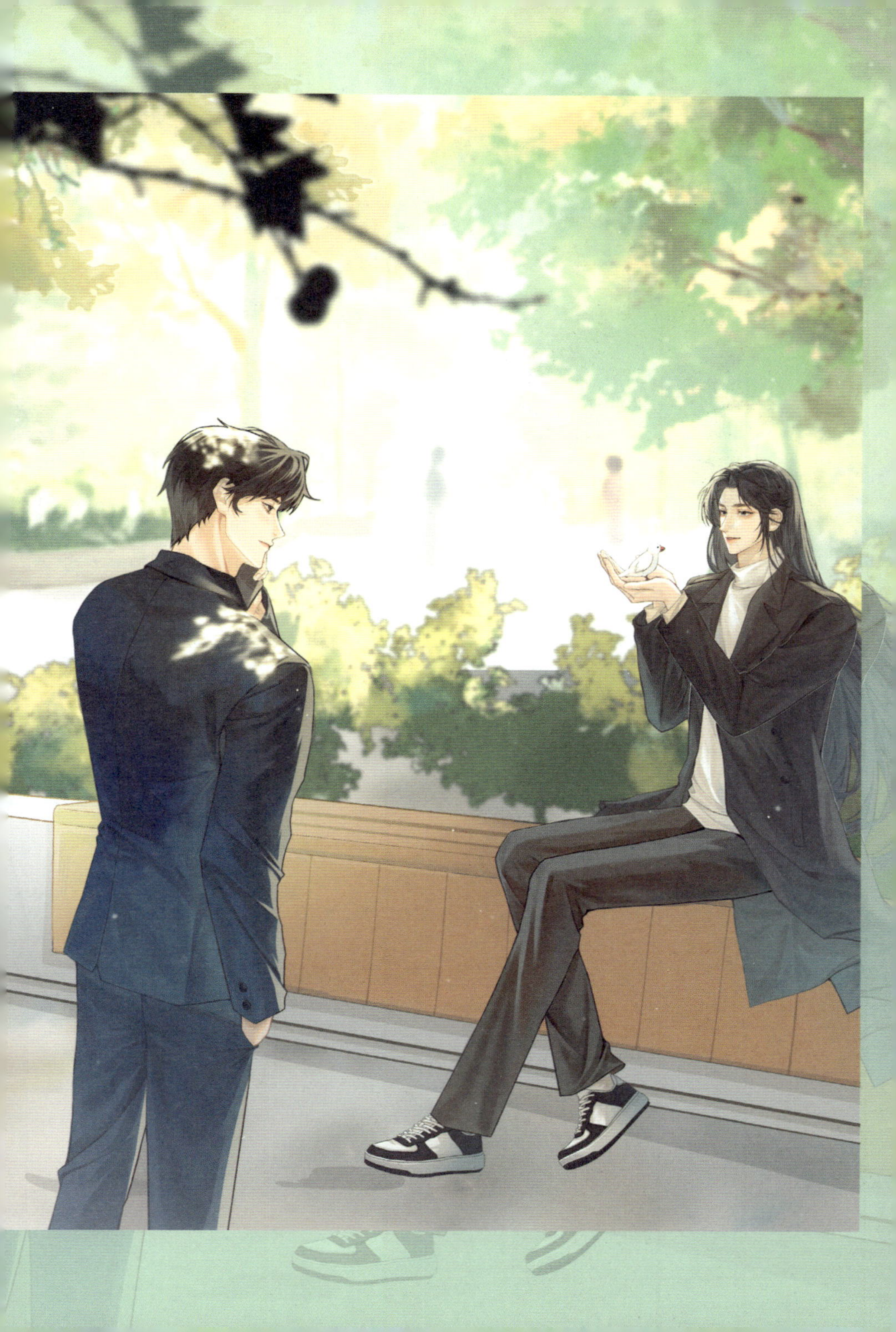

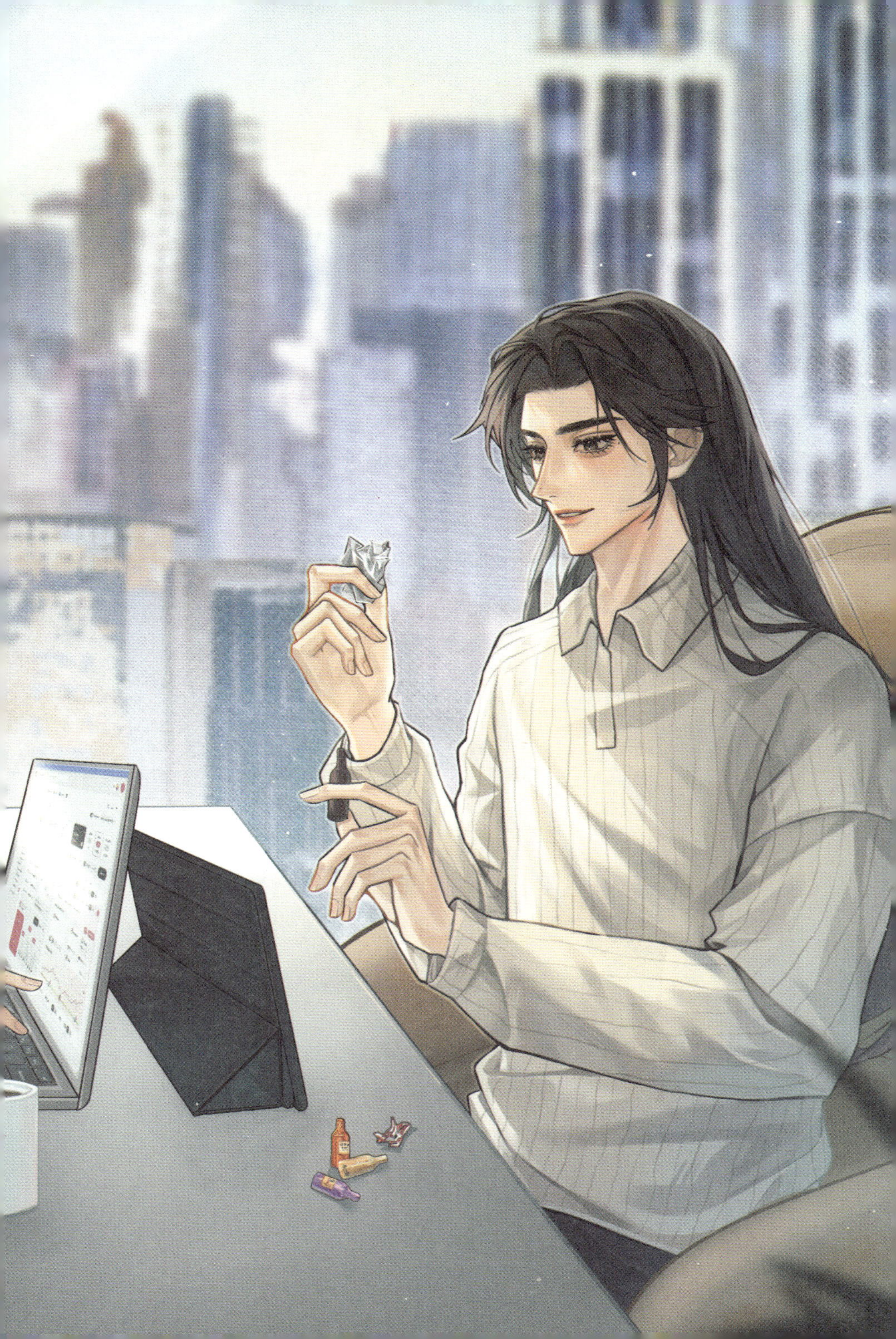

目录

第一章 初识 …………… 001

第二章 再次相遇 …………… 023

第三章 你的手真好看 …………… 044

第四章 别致的审美 …………… 069

第五章 模特 …………… 088

第六章 暴发户 …………… 122

温承书

WEN CHENG SHU

第七章	生日快乐，温承书	155
第八章	行为艺术	173
第九章	特别的朋友	195
第十章	指尖	215
番外一	画展	242
番外二	久违的温暖	262

邢野

XING YE

邢野想，他的手看起来像一件精雕细琢而成的艺术品。如果这只手能出现在他的画上就好了……

第一章
初识

八月底的晚风里裹挟着夏末的余热,整条夜市街的空气里都弥漫着一股浓浓的孜然味。

"我家是平州的,坐高铁两个小时就到了。"

"那你岂不是每周都能回家?太幸福了吧!我家在江清,坐动车要二十多个小时,我估计这一年也就寒暑假能回去了……"

"幸福什么,好不容易上了大学,逃离了我爹妈的手掌心,我才不每周回家当'孙子'呢,何况高铁票不要钱啊?"

"哈哈哈,我这个本市的还没说什么呢。对了,宜年,你家是哪儿的?"

"沂市的。"温宜年弯起眼睛笑了一下,"邻市,也很近。"

十八九岁的少年总是能够轻易地打成一片,有时只是因为几局游戏、一顿烧烤。

温宜年不太能吃辣的,手里的蜜汁鸡翅不知怎么沾了点别的串上的辣椒面,他才咬了一口就被辣得脸颊通红,正小声抽着气,旁边的温承书给他递去一瓶拧开的冰镇矿泉水。

温宜年接过水一口气灌了几大口,抬手抹了把鼻尖渗出的汗,从桌上拿起一串板筋递给温承书:"哥,你尝尝这个,好吃。"

温承书抬了下手示意自己不要。

早就料想到他会拒绝,温宜年也没劝,撇了撇嘴,把串拿回自己面前,咬下一块板筋咀嚼起来。

温承书从不允许他在外面买这些东西吃,没想到今天竟然破天荒地同意了请他的新室友来大学城吃烧烤。

温宜年想,这恐怕是温承书活了三十四年时间里,头一回来这种地方吃饭……准确地说是来这种地方坐着。

他一边嚼着板筋,一边斜着眼睛打量温承书。

在温宜年的印象里,温承书好像一直都是这副模样。

他高挺的鼻梁上架着一副金丝细边眼镜,头发梳得一丝不乱,身上的衬衫也没有一丝褶皱,尽管坐在脏乱又吵闹的夜市摊,他也要规规矩矩地把背挺直了。

就算热了,他也只不过是把衬衫的袖子挽到手肘处——沉稳得不像是陪弟弟和同学吃饭,反而像是坐在他那间明亮豪华的会议室里谈生意。

温承书微侧着脸,看似在认真听几人聊天,实则始终留意着不远处一个鬼鬼祟祟的男人。

分明还不到晚秋,整条夜市街又被随处可见的小吃摊冒出的热气和油烟弥漫着,那男人却裹着一件衣摆长得垂到小腿处的灰色风衣,头上扣着一顶黑色的鸭舌帽,帽檐压得很低,几乎遮去了半张脸。

男人拢着风衣,缩着脖子快步朝独自站在路边打电话的女学生走去。还没等他走到女孩跟前,一个身形高大的男生突然举着手机叫了女孩一声,女孩笑着朝男生跑过去。

男人脚步顿了顿,明显有些恼火地紧盯着女孩离开的背影,扭着头左右张望了一会儿,贴着墙根朝昏暗的巷尾走去。

温承书的目光追随着男人离去的背影,他皱了皱眉,然后起身。

烧烤摊上劣质的粉红塑料椅子随着他起身的动作突兀地发出"嘎吱"一声响,几个少年话音戛然而止,一齐抬头看着他。

"哥,怎么了?"温宜年仰着头莫名其妙地看了看他,顺着他的目光扭头往后看了一眼,没发现什么异样。

温承书盯着那个即将消失在视线里的身影,留下一句"你们慢慢吃,不够再点",便匆匆跟了过去。

文阳美院和大部分高校一样,坐落在文阳市偏僻的郊区。

大学城夜市街的街尾挨着一条狭窄又荒凉的小马路,小马路如同一条分界线,将热热闹闹的大学城与对面还没开发的荒草湖泊隔绝开来。

乌云几乎遮住了广袤的夜空,寥寥几颗黯淡的星星点缀其中。

面前这条小路通往城东村,晚上很少有车经过,于是立在道路两旁的路灯也不那么"敬业"了。破破烂烂的灯罩上蒙了厚厚一层灰,勉强洒出一点昏黄的光,成团的细小飞虫"嗡嗡嗡"地围绕着那一丁点亮光飞舞。

昏暗的灯光映出一道清瘦颀长的身影,那人正站在路灯旁边打电话。他的手机拿得离耳朵有些远,手机屏幕上泛着微弱的光,将他瘦削的下巴映成冷白色,修长的手指有些不耐烦地在手机侧面有一下没一下地点着。

"你上学期那事儿上报纸了,你知道吗?一开学,我们全音乐学院的人就都知道我林菲儿的男朋友在搞什么奇葩活动，纷纷来向我道贺，恭喜我找了个身材这么好又这么乐于分享的男朋友……"

尖锐的女声从听筒里传过来，显得有些刺耳，邢野揉了揉被吵得生疼的耳朵，满不在意地说："不是打码了吗？"

"你当大家都眼盲啊？要么你改天剃个寸头，没准儿就没人认得出你了。"

邢野用手指钩起自己的一缕宝贝长发在手心里，漫不经心地说："那不成。"

林菲儿极力压抑自己满心的怒火，耐着性子说："邢野，我就问你最后一遍，你以后能不能别再搞那些莫名其妙的东西了？我真的不想再被别人戳着脊梁骨、明里暗里地讽刺我男朋友有病了。"

邢野也耐着性子语重心长地跟她解释："这是艺术。"

电话那头安静了几秒，紧接着爆发出一声怒吼："你以后就跟艺术过去吧，分手！"

邢野平静地看着手机屏幕里电话挂断的界面，心想，总算安静了。

他和林菲儿谈恋爱这件事本来就是对方一厢情愿，他自始至终都没明确表示过开始恋爱关系，奈何对方自顾自地昭告天下。加上周围人跟着瞎起哄，久而久之，有时候连他自己都差点忘了俩人压根就没好。

最开始，她说就喜欢邢野身上这种与众不同的气质。

后来,她又嫌邢野身上这种气质太与众不同。

啧。

邢野无奈地摇了摇头,把手机塞进兜里,从兜里掏出烟盒,抽出一支叼在嘴里哼了一句:"盼我疯魔,还盼我孑孓不独活……"

头顶盘旋着小小的飞虫,片刻又在耳边"嗡嗡"作响,邢野被扰得烦不胜烦,胡乱在脑袋上方挥了挥手,反而让烦人的"嗡嗡"声从立体声转换成3D环绕模式。

邢野索性在马路边蹲下来。

今天的饭局有人带了女朋友,宝贝得不行。他打算等会儿再回去。

潮热的暑气混在沉闷的空气里,夜市街里的喧嚣裹在孜然味的风里远远地飘荡过来,被夏夜里聒噪的蝉鸣盖过。

这时,邢野身后突然响起细碎的脚步声,听起来有些偷偷摸摸的。

邢野没回头,大学城后面这一片荒地,晚上偶尔有小情侣悄悄过来约会,这不足为奇。

他一巴掌拍死了胳膊上的蚊子,挠了挠胳膊,心说:真是不怕咬的。

他低着头,漫不经心地踱着步,还没等他转身,面前蓦地出现一团黑影,笼罩着他。

邢野抬起眼皮扫了一眼。

一个头戴鸭舌帽的男人站在他面前,压低的帽檐遮住了大半张脸,看不出年龄。

男人先是小心地左右打量了一会儿,确定四下无人后,突然一把扯开裹在身上的风衣,从内口袋抽出一把匕首,冲着邢野龇牙一笑,露出一口比路灯的昏黄灯光还要黄上几分的牙齿,脚步渐渐逼近,威胁道:"小妹妹,把兜里值钱的东西都掏出来。"

邢野的目光慢悠悠地落在男人手中半掌长的匕首上,神情不变,双手交叉活动了一下手腕,又不紧不慢地把被晚风吹乱的几缕长发顺到脑后。

大概是见"她"的反应太过镇定,男人脸色更加不善。

邢野轻轻笑了一声,出口的话带着男性嗓音特有的磁性:"小哥哥,练练?"

面前的男人脸上的表情蓦地一变,脸色陡然变得煞白。他目光惊悚地看着眼前站直了甚至要比自己高出一头的邢野,缓缓后退一步,脚底抹油正要溜,却突然被后面跟上来的温承书一把按住肩膀。

温承书语气严肃地对男人说:"我已经报警了,你好好在这儿待着,等警察过来吧。"

男人慌了,晃着肩膀试图挣脱温承书的手,却发现对方的力气极大,捏得他半条胳膊都快没了知觉,慌忙求饶:"哥,哥,我错了,我也是第一次干这种事。我以为她是小姑娘呢,我才……我才……"

温承书冷冷地扫了他一眼:"小姑娘……你就能随便欺

负了?"

男人还想狡辩,温承书手腕又用了些力气,男人吃痛地叫出声。

温承书没再理会他的哀号,转过头看着邢野:"你没事吧?"

邢野头顶昏黄的光线将他眼角下那颗浅褐色的小痣映得似乎在发光。

他若无其事地道了声:"哦,没事。"

"发生了点意外,我在派出所……"温承书打电话时的语调和缓,语气里带着几分不经意的温柔,"我没事,只是过来配合调查。嗯,我等下就不过去了,你们吃完早点回去休息,有事再打给我。"

邢野不由自主地往他身上瞥了一眼,等他挂了电话,才好奇地问了句:"有人催了?"

温承书抬眸看了他一眼,温暾地解释:"我弟弟。"

邢野兜里的手机响了一声,他低头掏出来看,群里有人问他正吃饭呢跑哪儿去了,怎么半天也不见回来。他按住语音懒洋洋地回了一句:"派出所呢,刚在小吃街碰上个弱不禁风的抢劫犯。"

他话音一落,屋里几个值班的小民警都笑了起来。

蹲在墙根的中年男人将脑袋埋得更低了,脚边的地上放着那顶脏兮兮的黑色棒球帽,不知几天没洗的头发油乎乎地结成缕。派出所里雪亮的灯光照射下，他小声为自己辩解："他刚刚自己也说了，天那么黑，我没看出来他是男的，就拿那么小一把匕首比画了一下，我就是想吓唬一下他，没真想抢……"

老民警皱着眉头一拍桌子，瞪着眼睛厉色道："让你说话了吗？！"

"叔，"邢野抬起眼皮往中年男人那儿扫了一眼，眼神中透着怜悯，嘴上却似乎有些为难，"那我可真得提醒您，您这眼睛真该去医院瞧瞧了……"

"哎，你也行了啊。"老民警神色不悦地看了看邢野，后者识趣地耸了耸肩，闭嘴了。

老民警又转过头严肃地对中年男人说："你的行为十分恶劣，现在就好好把态度摆正，在这儿老实待着等待处理吧。"

中年男人抬起头狠狠地瞪了邢野一眼，眼神里迸发着恼羞成怒的凶光，接着就被旁边的小民警拍了一巴掌，有些狼狈地低下了头。

邢野面不改色地收起手机，抬起头看向值班的老民警，问："警察叔叔，我能走了吗？一会儿宿舍关门了，我晚上可就得住这儿了。"

"住这儿也行，院里正好缺个看门的。"老民警把桌上的笔录本推到两个人面前，抽出一支黑色水笔，在本上点了点，把笔递过去，"行了，在这签个字就可以走了。"

邢野正想伸手去接，旁边一只手却快了他一步。

温承书的手长得很好看,手指修长纤细,干净的指甲修剪成圆润的弧状,指节微凸,恰到好处,不会显得过度粗大或是偏于骨感。两根冷白的手指握住漆黑的笔杆,形成一黑一白鲜明的对比,有一种极强的视觉冲击力。他操纵着笔在笔录本上游走,瘦而有力的腕骨线条流畅,虎口低陷的小窝里有一颗小而发亮的痣。

　　邢野想,他的手看起来像一件精雕细琢而成的艺术品。

　　如果这只手能出现在他的画上就好了……

　　直到温承书离开,邢野才回过神来,他在笔录本上潦草地写下自己的名字,余光扫过前面那几个遒劲俊逸的字,心中默默记下——温承书。

　　文阳的九月,连空气都是潮湿的。

　　阴雨绵绵,细雨无声地滴落在茂盛的香樟树上,叶片上布满了细小而密集的雨珠。迟来的秋意总是伴随着温柔的薄雨,一抹枯黄从枝头被雨点打得轻颤的叶尖开始,渐渐扩散到整片叶,又染黄整棵树。

　　文阳美院的教学设施从不负它国内顶尖艺术学院的名头:四百多平方米的画室宽敞得如同一家小型美术展览馆,南侧是一整面弧形落地窗,全透明的设计与流畅的曲线碰撞出完美的设计感。

　　窗外空中洋洋洒洒的细丝被秋风包裹着,漫无目的地飘荡。雨点顺着落地窗流畅的线条安静地滑出一道道清透的水痕,很快又被不时吹来的风吹散,好像给透明的玻璃覆上了一层磨砂。

画室中央临时搭出的台子上侧躺着一位中年女人,画室里很安静,没有一个人说话,耳边只有画笔游走在画板上时发出的细微的沙沙声。

邢野斜靠在椅子上,抬手将自己柔顺的黑发拢起,接着伸手从画板架上拿下一支细杆的画笔,灵巧而娴熟地翻动着手腕将长发绾在脑后。

他无意间将一小缕黑发散落在雪白的后颈上,看得坐在后面的郝飞强迫症发作,忍不住伸手过去帮他撩起来,随手缠在他用笔杆绾出的发髻上。

郝飞无意中瞥到他画板上勾勒出的几道线条,探头过来小声问他:"你画什么呢?"

邢野一边拿着画笔在那几道线条上添改,一边轻轻地说:"一件艺术品。"

"哈?"郝飞愣了愣,"啥玩意儿?"

邢野拧着眉头颇不满意地盯着面前的画板,索性取下这张画纸丢在手边堆着的一沓废稿中。

他转过头看向郝飞,语气认真:"飞飞,咱们学院今年的画展,我想到我要画什么了。"

郝飞有些迷茫,怔怔地问:"什么?"

邢野故作深沉地摸了摸下巴:"手。"

"手?"郝飞疑惑地重复了一遍,不禁皱起了眉头,"你是说画手?跑题了吧,我们学院今年画展的主题不是'目光'吗?"

邢野坐在画架前的椅子上,思绪万千。

他闭上眼睛,努力回想温承书那双手的模样,越是想要将其完美地呈现在画纸上,手中的画笔却越是无法如他所愿。

一大清早,邢野诈尸般从床上坐起来,他的眼周有着明显的黑眼圈,甚至连眼尾那颗小巧的泪痣都显得深了些,声音幽怨:"我要去文身。"

"……"回应他的只有郝飞床上传来的几声呼噜声。

邢野一把掀开被子从床上跳下来,站在宿舍中间又喊了一声:"我要去文身——"

外面还下着淅淅沥沥的小雨,空气里带着一股沁凉入骨的潮湿。

邢野身上穿了一件版型宽松的黑色夹克,把自己裹得严实,头顶扣着一顶黑色的棒球帽,乌黑柔顺的长发披散在背上,脚上踩着一双帅气的高帮马丁靴,将一双腿衬得笔直修长。

走在前面的郝飞刚一推开宿舍楼下的大门,就被迎面扑来的凉风吹得一个激灵,不由得拢了拢敞开的外套,打了个喷嚏:"去哪儿文啊?"

"哪儿都行。"邢野把吹到脸前的头发捋到耳后,耷着肩膀把自己缩成一只鹌鹑,"就学校对面那家吧。"

"文身这么大个事儿,不得找个好点的店啊?"郝飞扭头看他,"咱学校门口那家能把'飞龙在天'文成'胖蛇甩尾',到时候你哭都没地儿哭去。"

邢野蹭了蹭被风吹红的鼻尖,不当回事儿:"没事儿,就那儿吧,近,一会儿完事了还能去老云吃碗米线。"

郝飞看了看他,说:"……行吧。"

两个人倒是都不讲究,谁也没想到上楼拿把伞来,扣上帽子就埋头钻进了蒙蒙雨雾里。

小文身店在学校对面一家理发店的二楼,窗口挂了一个并不显眼的招牌,店名倒是简单明了——一家刺青工作室。

他们踩着看上去摇摇欲坠的室外铁架楼梯,胆战心惊地走上去,推门进去的时候,那个长得像楼下托尼老师的刺青师傅正坐在一张图纸堆放得乱七八糟的小桌旁,捧着碗喝豆腐脑,听到门口的声音抬起头问:"文什么,带图了吗?"

不到二十平方米的小刺青工作室里又闷又热,邢野一进屋就抬手把外套脱了,接着撸起袖子,说:"我要文个痣。"

"托尼"师傅一口豆腐脑险些喷出来,呛得他连忙抽了张餐巾纸捂在嘴上咳嗽起来,好半天才抬起头,以为自己理解错了,问:"什么东西?"

邢野举起右手,给他指了指自己虎口的位置,一本正经地说:"这儿,文个痣。"

郝飞也震惊地凑过来盯着他的手,难以置信道:"你拿水笔点一个不就行了吗？"

"水笔点的一擦就掉了。"邢野不耐烦地把他推到一边儿去，问"托尼"师傅，"能文吗，哥？"

"你这一进来又脱衣服又撸袖子的，搞那么大阵仗，我当多大的活呢。""托尼"师傅对着他翻了个白眼，放下豆腐脑，起身走到画着虎头的黑色半帘后面，"过来吧。"

"托尼"师傅洗了洗手，拿着一瓶碘酊走过来，示意邢野把手搭在桌上。

邢野还是头一回文身，他看着"托尼"师傅拿着棉签蘸着碘酊往自己虎口上抹，接着又打开旁边嗡嗡作响的文身机，有点紧张地问："疼吗？"

刚拿起文身笔的"托尼"师傅明显愣了一下，抬起眼皮真诚地看着他："想疼都难。"

确实是想疼都难。

笔尖在虎口上轻轻点了一下，还没等邢野感觉出什么来，"托尼"师傅已经伸手关了文身机。

"完了？"邢野眨眨眼。

"要不您趴这儿，我再给您文个花背？"

邢野抬起手欣赏了一会儿自己虎口那颗小巧的痣，乐呵呵地掏出手机扫了一下墙上贴着的二维码："谢了，哥！多少钱？"

"美院的吧？""托尼"师傅把桌上的东西简单收了起来，走过去捧起甚至还没凉的豆腐脑继续喝，冲他挥挥手，"不要钱，回头你们有啥不要的废稿可以给我拿来。外头还下雨呢吧？桌上有保鲜膜，自己裹一下，手这两天别泡水，小心颜色扩散开变成个痦子。"

从刺青店出来，郝飞用手肘捅了捅他，表情有些犹豫，但还是没忍住，问："野子，你什么情况啊？"

"什么什么情况。"邢野漫不经心地回。

"怎么突然想起文身？"郝飞有点纳闷。

"我前两天遇到个人。"邢野抬起胳膊仔细看了看自己的手，又抓起郝飞的手看了看。

郝飞被他突如其来的动作搞得有些莫名其妙，抽回手，问："遇到个人，那又怎么样？"

邢野把刚文了痣的虎口凑到郝飞眼前："就这，他这里也有个痣。"

郝飞抬手搭在他肩膀上，乐了："就你昨天说的那件艺术品啊？"

邢野"嗯"了一声，小心翼翼地把手揣进口袋里，生怕淋了雨。

郝飞有些好奇："长什么样啊？"

邢野仔细回忆了一下那天见到的男人，发现自己脑子里只剩下一个模糊的印象，就记得那人肩膀挺宽的，身材比例也不错，露出的手臂线条也还蛮好看的——但这一切比起那双令人惊艳的手，都还差得远。

"他手特好看,细长,又白,跟石膏像似的。"邢野回忆着那双手,"指甲修剪得很好看,骨节也很漂亮。"

"我问你人呢,你总跟我说手干吗?"郝飞莫名其妙地看着他,停了一会儿,突然露出一个恍然大悟的表情,"不是吧——你这人体崇拜什么时候开始往局部发展了?"

"什么人体崇拜,哥这是对美的追求,嗯——"邢野一把扯开他搭在自己脖子上的胳膊,拧着眉头,"你压到我头发了。"

一辆黑色的宝马从旁边的马路上飞驰而过。

后座的男人穿着一身剪裁合身、面料挺括的墨蓝色西服,腿上放着一台轻薄的笔记本电脑。

他薄唇轻抿着,抬手推了一下鼻梁上架着的金丝边眼镜,透明的镜片后是一双稍显疲惫的眼睛,看着屏幕的目光却仍专注而认真。

司机老陈看着人行道上雨中打闹的人,无奈地摇了摇头:"真是不能理解现在的小孩,估计还觉得雨中漫步挺浪漫。"

"年轻嘛。"温承书的唇角勾起一个细微的弧度,轻轻笑了一声,顺势抬起眸子往窗外扫了一眼,莫名觉得那个身材高挑的女孩背影看上去有几分眼熟。

"温总,到文阳美院了,要去看看小少爷吗?"

"不了。"温承书收回目光,表情也收敛住了,继续认真地看着电脑上的收购方案,"直接回市区,下午公司还有一个会议要开。"

文阳美院一年一度的"百团大战"终于在九月底彻底落下帷幕。

在文美数不清的招新社团中,始终独树一帜的行为艺术社从成立开始便一直在国内各大艺术类高校中"颇负盛名"——这个社团曾被某家知名纸媒用加粗的黑体字大标题公开批判,说他们的行为艺术是打着艺术的噱头哗众取宠。

今年也并无意外,新加入的社员仍是寥寥无几。

昨天晚上社内成员开完"长"达一分半的微信语音会议后,决定为今年唯一一位新成员办一场迎新活动——虽然这好脾气小孩是被李苗苗从招新会上强行拉来的,内心不一定情愿,但是作为校内知名社团,该给的排面还是要给足了。

李苗苗一进来,就看到她费尽千辛万苦从招新会拉来的小学弟正无精打采地趴在桌子上。

她走过来在他头顶蓬松柔软的卷毛上揉了一把,问:"干吗呢,小可爱?"

温宜年坐起来,也不生气,随手扒拉了一下被她弄乱的头发,脸上表情看着有点紧张:"我们明天油画课上要画人体了。"

"嗯。画呗。"李苗苗不以为意,在他对面坐下,"你这么紧张干吗,以前美术集训的时候没画过啊?"

温宜年耳朵根红了,低着头挺不好意思地小声说:"画得不多……"

李苗苗愣了一下，随即笑了起来，拍着他的肩膀："你一个学美术的，有什么好害羞的。"

靠在墙边玩手游的郝飞头也不抬地接了一句："就是，都是为了艺术。"

李苗苗白了他一眼，又在满脸通红的温宜年脑袋上揉了一把，抬头在社团活动室扫视了一圈，问郝飞："社长呢？好几天没见人了，迎新活动再不过来，就有点说不过去了吧。"

"画室呢。"郝飞说，"正热火朝天地准备今年画展的参展作品呢。"

李苗苗愣愣的："他不是说最近进入了创作瓶颈，画展就不参加了吗？"

"嗯。"郝飞漫不经心地应了一句，突然捧着手机一个激灵，吼道，"有人！在房子那儿，谁绕过来拉我一把……别过来了，废物们，'大爷'死了。"

他没好气地放下手机，抬起头说："哦，邢野啊？他这两天魔怔了，不知道在哪儿认识了个人，说特别符合他对极致美学的追求，现在天天泡在画室画那人呢。"

"什么人啊？"李苗苗一听也来了兴趣，"他不是天天吵嚷着说画人体都画烦了，想画点新鲜的东西吗？"

郝飞摇了摇头，表示自己也不清楚到底是什么情况。

邢野这些日子确实魔怔了，一连好几天泡在画室里，绞尽脑汁地画着那双极度符合他审美的手。

他这些天努力回忆着,也找了不少参照物,可眼睛毕竟不比相机,他画着画着,脑袋里那双手的轮廓却越来越模糊了。最后,记忆里只剩下那颗如同点缀在夜空中的星辰一样,在白皙的虎口处"闪耀"的小痣。

于是,邢野再次陷入了瓶颈。

邢野蘸足了颜料,握紧画笔,用力在画纸上涂抹。

他试图用这种方式,将自己的情感尽情释放。然而,无论他怎样努力,画纸上的手总是显得欠缺一些什么。他不禁烦躁起来,将画笔扔到一旁,起身走到窗前。

窗外,夕阳西下,阳光洒在街道上,一片金黄。邢野盯着窗外出神,却忽然从那熟悉的景象中捕捉到什么。

邢野一路小跑下楼,踏过金黄的落叶,朝刚才看到的那处走去。一只受伤的小鸟,正安静地躺在落叶里。邢野小心翼翼地将小鸟捧在手中,它看起来还是只幼鸟,白色的羽毛上落着枯萎的碎叶。

"怎么这么可怜啊!"邢野轻轻地为它梳理羽毛,想要尽量减轻它的痛苦。

邢野打车带小鸟去了就近的宠物医院,医生仔细检查了一番:"这只小鸟应该是刚学会飞,还飞不好,摔下来了。"

医生带小鸟去处理伤口,邢野坐在宠物医院大厅的椅子上,后背倚着冰凉的椅背,低垂着眸子,出神地盯着自己虎口那颗痣,咂了咂舌。

正想着，兜里的手机响了，他慢吞吞地掏出手机来看，是郝飞发来的消息，提醒他别忘了迎新会。

他在对话框里回复了一个"OK"的表情。

社团群被他设置了消息屏蔽，他点开往上划拉了两下，才不慌不忙地回复：不好意思，学校里有点堵车。

当初在学校一手创办文美行艺社的学长上半年毕业了。新任社长选举会上，不知道谁手快把邢野的名字填上了，确定结果的那一刻甚至还没开始投票环节，大家就纷纷表示对这个结果无异议。

于是，不在场的邢野莫名其妙地成功当选为新任社长——当然，他也心甘情愿地接受了。

穿着白大褂的女医生推开门从治疗室里出来，把一只耷拉着脑袋的小白团子轻轻递给他："包扎好了。腿没有太大的问题，回去多喂点黄瓜籽和鱼肝油，最近还是尽量不要散养了。"

秋意浓了，天气也愈发凉了起来。

邢野拢了拢被迎面袭来的凉风浸透的风衣，头上戴着宽檐的黑色渔夫帽，帽檐压得很低，露出来的一截下巴被衬得雪白。他埋着头走得很快，一片被秋风扫落的红叶落在他肩上，又被他快步前行时衣物带起的风拂落，融入一片枯黄中去。

怀里的小东西不安分地动来动去，邢野担心碰到它受伤的爪子，微微弓起后背，小心翼翼地用手臂托住它小小的身体。

远远地听到有人在呼喊他的名字,他不由自主地加快了步子。

他低着头没注意,一不小心撞上了前面的人。

邢野抬手一把按住险些掉落的帽子,抬起头,视线里刚好滑过一道泛着微光的抛物线——"砰"的一声,一部黑色的手机在一米外的路牙上弹了一下,落在铺着白灰色石子的小路上,碎裂的屏幕上亮着的光也熄灭了。

"……不好意思。"邢野快速反应过来,连忙走过去,托着怀里的小东西蹲下,还没等他腾出手来把手机捡起来,一只白皙修长的手从他眼前伸了过去——

修剪得干净圆润的指甲,直而长的手指,冷白的皮肤下清晰却不突兀的青筋,以及虎口那颗小而漂亮的痣。

"你没事吧。"男人充满磁性的嗓音低沉而温柔。

邢野怔了怔神,这才缓慢地抬起头,眼神有些呆滞、有些茫然,还有些不可置信。

对面的男人看到他的脸,墨色的眸子里浮出一丝讶异,很快,嘴角微微勾起了一个柔和的弧度,连同着说话的语调也轻微地扬起:"是你啊。"

邢野没说话,也没动,愣愣地看着面前的人。

温承书看着眼前发愣的人,迟疑着伸出手,在他眼前晃了一下:"同学,你还好吗?"

只见眼前的人双眼放光,直勾勾地盯着他的手,浅褐色的瞳仁追随着他晃动的手左右转动了两个来回,活像一只卷着尾巴被逗猫棒吸引的猫,紧接着,细长的眼一点点弯了起来……

温承书脸上那一向泰山崩于前而色不变的表情逐渐变化。

而邢野一片空白的大脑里倏地炸起了一朵璀璨的烟花，脑海里缓缓浮现出几个大字——

我的天选模特！

第二章
再次相遇

面前的男孩挺瘦，个儿也高，站直了差不多能到温承书的眉梢。

他穿着一件宽松过膝的黑色风衣，头顶上宽檐的渔夫帽微微有些遮眼，脸庞精致小巧，皮肤挺白的，鼻梁高挺，下颌线清晰，薄薄的上唇中间嵌着一颗柔润的唇珠。

温承书想到最近时尚杂志里常常提到的高级感，面前人的外形条件，甚至要比他公司旗下的男装品牌今秋斥重金从法国请回来的混血小模特还要优越几分。

……可惜看上去脑子不太好使。温承书有些惋惜地想。

男孩笑起来的时候唇角微微上挑，带着与他外表不大匹配的可爱。大概是天气凉的缘故，他轻轻吸了吸鼻子，鼻尖与眼角那颗不大明显的泪痣泛着浅浅的红。

"同学？"温承书看向他一直捂着的肚子，"肚子不舒服吗？需要我送你去医院吗？"

身后突然有人嚷了一声，男孩紧张兮兮地回头看了一眼，然后迅速四处张望了一番，像是在寻找什么东西。大概是没有找到，他轻轻蹙了下眉，目光缓缓落在了面前的温承书身上，眼里快速闪过一抹狡黠，勾唇笑了一下。

温承书冷不丁再次对上他莫名其妙的目光，一时有些愣神："怎么？"

只见男孩拢了拢身上的风衣，往前迈了一步凑到他跟前，突然压低了声音，有些神经兮兮地问他："看鸟吗，哥？"

没等他回答，男孩已经一把拉开了风衣，从怀里掏出了一只白鸟。

温承书僵住,没说出的话堵在喉咙里。

好一会儿他才反应过来,缓缓将视线下移到对方摊开的掌心里——那是一只普通的白文鸟,花鸟市场里最多也就卖几十块钱的那种。白文鸟的身体圆滚滚的,活像一颗软软的糯米团子,它在男孩的掌心里挣扎了几下,似乎是努力想要站起来,却总是没等站稳就又跌倒。他这才注意到小鸟似乎受伤了,一只脚上缠着细细的白色绷带。

从后面追上来的校管远远地喊道:"邢野,跟你说多少遍了,学校不许养小动物,你给我把鸟掏出来!"

被唤作邢野的男孩一把抓起他的手,匆忙把那只软乎乎的白文鸟塞进他手里:"江湖救急!大哥帮忙藏一下!"

不知是不是温承书的错觉,他总觉得男孩的视线在他手背上停留的时间有些长。

他微微挑起了眉,镜片后的眸中闪过一抹意外,随后不动声色地抽回了手。

他看到男孩的视线还落在他的手上,似乎有些出神,直到身后有人靠近这才如梦初醒,眨了眨眼睛,连忙背过身去挡在他面前。

邢野恢复了那副漫不经心的模样,面不改色地对追到跟前的校园管理员说:"什么鸟啊?"说着还作势四处张望,"哪儿有鸟啊?"

"你小子,少给我耍贫嘴!"校管大叔显然不吃他这一套,瞪着眼睛冲他伸出手,"我刚刚明明看见你抱了只鸟,鸟呢,藏哪儿了?"

邢野假模假样地皱起眉头:"我真没藏,您看错了吧。"

温承书下意识地背了背手,将小白团子藏在身后,避开了对面中年男人怀疑的目光。

"白的,"校管从面前气质沉稳的男人身上收回目光,伸出手跟邢野比画了一下,"这么大,我刚看见你揣怀里了啊,别给我装了。"

"真没见!"邢野拉开风衣朝校管大叔抖了一下,抬起头委屈巴巴地说,"不信您自己搜,我就是有点冷,衣服裹得紧了点……"

正说着,突然响起一声细小的鸣叫,很快又戛然而止,但显然已经迟了,校管和邢野同时愣了愣。

校管眼睛一瞪:"什么声音?"

邢野镇定自若地从口袋里掏出手机:"哦,是我的短信铃声。"

校管将信将疑地拉开邢野的风衣左右看了看,又绕到他身后扒拉了一下他的长发。

邢野有些不爽地摘下帽子,把头发撩起来给他检查:"怎么着啊?它还能在我脑袋上头筑巢啊。"

"真没有?"校管眼神怀疑。

"真没有。"邢野语气坚定。

"行吧,"校管终于放过了他,"今天晚上宿舍查违禁品,你最好是别被逮着了。"

校管一步三回头地走开,直到在小道尽头消失,邢野这才松了一口气。温承书也终于松开了捏在鸟喙上的手,摊开手掌把小白团子还给他。

邢野慢吞吞地接过来,视线却凝固在他刚才被惊慌的小鸟无意中啄伤的食指指腹上,脸上倏地露出一个犹如遭受晴天霹雳的表情——他小心翼翼地用空着的手掌托起男人的手,低垂着眸子,纤长浓密的睫毛轻颤,无比痛心地轻声呢喃道:"啊!怎么受伤了呢?你没事吧,疼不疼啊……"

"……"温承书不着痕迹地抽回手,淡淡地笑了一下,说,"没关系。"

"小可爱,我把咱们社团里所有成员的联系方式都发给你了,你存一下。"李苗苗一边低头在手机上整理联系方式,一边自吹自擂,"咱们社团虽然没多少人,但学姐敢跟你打包票,咱们绝对是全文美最有团魂的,来了就是一家人,以后学校里遇上什么搞不定的事,随便跟咱们社团的哪个学长学姐招呼一声,文美就没你哥哥姐姐们摆不平的事儿。"

"纠正一下,太粗鲁的我可不干啊,让他们几个去。"从门口传来一道有些尖锐的、明显尖着嗓子的声音。王辰大概是刚从健身房回来,这么凉的天气,他身上就只穿着一件工字背心,露出健硕饱满的肱二头肌。

他做作地从门口进来,对温宜年道:"哟,新面孔,弟弟你好啊。"

温宜年震惊地看着面前留着寸头的肌肉男人,男人朝他挑了挑眉,一双浓眉修得精致。

目光在对方身上停留的时间有些长,王辰又冲他扬了扬眉,他这才察觉到自己的失礼,忙鞠了个躬,礼貌地打招呼:"学长好,我叫温宜年。"

"你好啊。"王辰走过来看了看温宜年光滑白嫩还带着点婴儿肥的小脸,评价道,"脸挺小。"

温宜年顿时瞪大了眼睛。

王辰没忍住笑了起来,李苗苗抬手一把拍开他:"你给我滚,明儿要是小可爱不来了,我就把你的脑袋割下来,给我当毕设作品。"

王辰后颈一凉,缩起脖子灰溜溜地绕到后面找郝飞去了:"打游戏呢,飞飞?来双排吗?"

"别搭理他,"李苗苗冲温宜年笑笑,"他逗你玩呢。"

温宜年局促地点了下头,低下头乖乖把李苗苗发来的联系方式挨个存进手机里。他输完"社长"两个字,点了保存,手机屏幕上突然跳出来一个来电提醒——屏幕中央跳动着"社长"两个字。

温宜年吓了一跳,手一抖,险些把手机扔出去。以为是自己刚刚操作失误把号码拨了出去,他稳住,接起电话,紧张地正要道歉,对面的人却先开口了:"年年,是我。"

温宜年缓缓睁大了眼睛,再三确定手机上是社长的号码后,这才难以置信地小声开口:"……哥?"

"你在哪里?"温承书侧目看了一眼蹲在花坛上一边玩鸟,一边不时往他身上瞟的邢野,"嗯,我的手机出了点问题,借别人的。"

偷瞄被抓了个正着,邢野迅速收回目光,背对着温承书,用手指轻轻点着小鸟尖尖的喙,半真半假地小声训斥道:"你这个小东西,真是白救你了!那么好看的手你都敢啄,小浑蛋!"

小鸟不满地正要张嘴去啄他,被邢野眼明手快一把捏住它小小的喙:"还想啄我?我看你是欠揍!"

等邢野教训完了,小鸟这才委屈巴巴地歪头用一只眼睛看着他,它的眼睛周围有一圈红色羽毛,衬着那颗绿豆大小的水灵灵的黑眼珠子,看起来可怜极了。

邢野盯着它看了一会儿,被萌得心都快软化了。

"哎呀,你怎么这么可爱啊,乖死了!"他把小鸟举到面前用鼻尖蹭了蹭它雪白柔软的羽毛。

挂断电话的温承书拿着手机走过来的时候,邢野正在用自己挺翘的鼻尖一个劲儿拱手心里的小团子,画面看起来有些好笑。

温承书没好意思打断面前这一人一鸟的温馨时光,安静地站在旁边等了一会儿,等邢野终于注意到他的时候,他才把手机递了回去:"谢谢。"

邢野起身从花坛上跳下来,接过手机,费了好大劲才把目光从他伸过来的手上移开,抬头看着男人,有些抱歉:"不好意思,你手机是什么型号,我赔你一部新的吧……"

温承书淡淡地笑了一下,语气温和却疏离:"不用了。"

"那要不我晚上请你吃个饭吧。"邢野看着他,努力挤出一个诚恳的表情,"你看它刚刚还啄了你一下……"

"真的没关系。"温承书轻轻打断道,他脸上挂着模式化的微笑,"我晚上还有事,吃饭就算了。"

邢野的话像是早就在肚子里排练好了,温承书的话音才一落下,他就立刻接道:"那不然你把号码给我,改天或是以后有机会的话……"

温承书从口袋里掏出刚才摔碎的手机,伸到他面前,语气平静又不失礼地答道:"抱歉,不太方便。"

碰了一鼻子灰的邢野"幽怨"地看了一眼面前的男人——

手是双好手,人怎么就那么轴呢。

"哥?"温宜年从不远处的校园社团活动中心跑过来,气喘吁吁地停在两人面前,"你什么时候过来的?怎么也不提前和我说一声?"

"出差,顺便过来看看你。"温承书拉起袖子抬手看了一眼腕表,看时间也差不多了,便说,"有什么想吃的吗?"

"啊……"温宜年神情有些为难,"哥,今天社团的前辈要给我办迎新会,我可能不能和你吃饭了……"

"迎新会?"杵在旁边的邢野突然插了句嘴,"你是哪个社团的?"

温宜年说:"行为艺术社。"

温承书的眉头微微蹙了起来,沉着声音重复了一遍:"行为艺术?"

温宜年小心翼翼地用余光打量着自家大哥脸上不大好看的表情,深知自己大哥一向最不喜欢这种听上去哗众取宠的东西,一时有些紧张,正在心里组织语言打算解释一下,突然手臂被人拉住了。

他吓了一跳,诧异地看向面前瘦高的男生。

邢野清了清嗓子,脸上露出一个和善的笑容:"你好,正式介绍一下,我是行艺社的社长邢野。"

"啊?"温宜年愣了一下,连忙点头,"……啊!社长好。"

温承书也有些惊讶地看了邢野一眼,本打算对温宜年表达自己对所谓行为艺术的看法,但良好的修养让他忍住了。

邢野笑着看向旁边的温承书:"既然都是一家人,不如留下来一起吃顿饭?"

"可以吗?"温宜年犹豫地看着邢野,"会不会不太好……"

"当然可以了。来了我们社团就是自己人了,以后你就是我弟,你哥就是我哥,我请我哥吃顿饭有什么问题吗?"邢野转过头,眼尾那颗浅褐色的小痣盈着光,语气听上去自然又熟络,"你说是吧,哥?"

温宜年也转过头,满含期待地看着温承书:"可以吗,哥?"

温承书:"……"

聚餐的地点是提前定好的,学校南边的一家火锅店,这是行艺社每次聚餐的老地方,社团的迎新人聚餐首选自然也是这里。

邢野一进包厢,就在温承书左手边的位子坐了下来,跟在他后面进来的温宜年脚下的步子顿了一下,从他身后绕过去,在温承书右边坐下。

郝飞找了个位子坐下以后,一抬头见邢野坐在对面靠包厢门的位置,怔怔地问:"野子,你干吗呢?"

"什么干吗呢。"邢野一边漫不经心地应了一句,一边十分有眼力见儿地拿过温承书手边的一次性餐具准备帮他拆开包装。

"你不是最烦坐门边儿了吗?人进出、上菜什么的,总得让位置……"郝飞正纳闷地嘀咕着,就看到邢野殷勤地帮新社员的亲属拆餐具,顿时更纳闷了。

这小祖宗难得能有一回能不支使别人伺候他,如今竟然还伺候起别人来了?太阳打西边出来了?

"我自己来。"温承书刚伸手过去,就被邢野推了回来。

邢野用几乎只有自己才能听到的音量嘀咕了一句:"艺术品就应该被放在展览柜里,怎么能用来做这种事情。"

温承书没听清他的话,问了句:"什么?"

邢野却没看他,似乎察觉到他的目光,视线很快便离开了他的手,低垂着眸子,细心地用开水帮他把一次性碗碟杯子挨个烫了一遍,然后又推回到温承书面前。

"……谢谢。"温承书将手搭在腿上,顿了顿,才又问了一句,"你刚刚说什么?"

"我说你的手怎么能做这……"邢野下意识地回答,说了一半后蓦地反应过来,抬起头瞅了他一眼,话锋一转,轻轻说,"那什么……我的意思是,你的手不是受伤了吗,我帮你吧。"

"受伤了?"坐在温承书另一侧的温宜年听到这句,连忙转过身凑上来,神色紧张道,"哥,你手怎么了?"

温承书摇了摇头,对邢野的小题大做有些无奈,于是抬手给温宜年看了一下:"没事,被鸟啄了一下而已。"

"怎么没事,这都……"邢野一把抓起他的手拽到面前,低头看向他的手指,一下愣住——温承书被鸟啄过的指腹只是略微有些泛白,连皮都没破。他"都"了半天也没"都"出个下文。

温承书还没来得及反应,就被他逗得一乐,好笑地看着他,故意问:"都什么?"

温宜年也眨着眼睛看着邢野。

邢野吭哧半天才憋出一句:"……都,都白了。"

温承书没忍住笑了起来,抽回手,说:"是啊,再晚一会儿,就白里透红了。"

邢野不尴不尬地收回了手,温承书也很快敛住了笑意,微微偏过身子低声跟温宜年说话。

　　文阳的秋天多雨，虽说今天难得放了晴，但空气却仍裹挟着潮气。火锅店二楼的小包厢里没有窗户，又不知为何没开空调，所以狭小的空间就格外闷热。

　　邢野脱下风衣随手挂在门边的衣架上，只穿着一件黑色T恤，抬手把披散在背上的长发拢在一起，还没等李苗苗从兜里掏出小皮筋递过来，他就已经顺手从桌上抽了根筷子把头发绾了起来。

　　李苗苗无语地看着他熟练的动作，用伸过去的手比了一个大拇指："牛，你这技能我看了两年，也没学会。"

　　邢野绾好了头发，双肘撑在桌上，冲她挤了个笑脸："废物妹妹。"

　　"你'死'了。"李苗苗白了他一眼，伸手把邢野刚刚随手放在桌上的纸盒子拿到面前打开，愣了一下，她小心翼翼地把受伤的小白鸟拿出来，"哟，这鸟是哪儿来的啊？"

　　郝飞听到声音凑过来看，也有些惊讶，伸着手指头去戳小鸟的脑袋："这是什么？野子你涮个火锅还自带菜品啊？"

　　话音刚落，李苗苗就一把拍开了他的手，没好气地说："我看是你想被涮。"

　　"我在画室楼下捡的。"邢野说，"好像是因为脚有点问题，被人遗弃了。"

　　"啧。"郝飞咋了咋舌，轻轻摸摸小鸟脊背柔软的羽毛。

"哇。"

温承书听到旁边一声低呼,扭头看到温宜年两眼放光地往对面的小鸟身上瞄:"好可爱啊,它的主人怎么舍得把它丢掉呢。"

温承书抬眸朝那只小鸟看了一眼。

白文鸟不是什么名贵的品种,花鸟市场里最便宜的也就十多块钱一只,给它治疗脚伤的花费就远远超越了它本身的价值,在生意场上这叫作得不偿失。

"但是咱们学校不让养这些小东西吧?"郝飞抬头看着邢野,"你打算怎么办?"

"不知道啊……"邢野正说着话,有人从外面推开的包厢门,撞了一下他的后背,他把椅子往前挪了一点,服务员端着菜进来。

"让一让。"

包厢太小,活动不开,服务员手里的盘子几乎是贴着邢野的耳朵放到桌上的。

邢野轻轻皱了下眉,侧身又往旁边让了让,几乎要撞上温承书的肩。

温承书不动声色地稍稍往后靠了些许,与他拉开了距离。

"还差一份牛肉丸,五斤羊肉片,还有两份蔬菜大拼盘是吧?"服务员拿着菜单报了一下菜品,"五斤羊肉片要等会儿啊,羊肉片是现切的,有点慢。"

邢野侧着身子回头,说:"再帮我拿双筷子,谢谢。"

等服务员出去了，他才终于能把歪着的身子摆正了，正揉着腰，旁边的温承书开口了："我们俩换一下座位吧。"

"嗯？"邢野有些犹豫，"这里很挤。"

温承书错把这当成是他不愿意换座位的借口，于是淡淡地笑了一下，说："没关系。"

见他都这么说了，早就巴不得赶紧离开这个座位的邢野一边起身一边故作为难地说了句："那好吧。"

还没等温承书在他的座位上坐稳，身后的包厢门又被推开了。门猝不及防地撞在温承书的椅背上，险些将他推了一个趔趄，邢野连忙扶了他一把，面露尴尬："你看吧……"

"……"温承书有些狼狈地侧着身子，手搭在邢野的手臂上。

服务员侧身进来，问："刚刚是谁要的筷子？"

"这里。"温承书从她手里接过筷子，道了声，"谢谢。"

他把筷子递给了邢野。

聚餐接近尾声的时候，温承书起身去了一趟洗手间。

郝飞趁着他出去的时候赶紧坐过来，压低了声音问邢野："什么情况啊，你？又添茶水又涮肉的，不知道的以为人家手断了呢。"

"你还酸上了？"邢野面不改色地从锅里捞出一块鱼豆腐，"来，飞飞张嘴，哥哥也喂你一口。"

郝飞下意识地张开嘴接住递到嘴边的鱼豆腐，刚吃到嘴里又拧着眉头吐了出来,一边伸着舌头哈气,一边没好气地骂他:"滚吧,我看你是想烫死我。"

邢野无辜地耸了耸肩,倒了杯果汁递给他:"我刚刚显得很殷勤吗?"

郝飞接过杯子往嘴里猛灌了好几大口后,这才说:"何止是殷勤,你那副德行看起来特像他家保姆……"

邢野眉梢一挑,突然转过身去拍了拍正被喝多了的王辰拉着不放的温宜年,问:"弟弟,咱哥缺保姆吗?"

"……啊?"温宜年怔怔地看着他,不明就里地回答道,"不,不缺,我哥不喜欢家里有外人,一般都是叫小时工……怎么了,社长?"

"没事,没事,他发神经呢。"郝飞一边扳着邢野的肩膀强行把他的身子转过来,一边冲温宜年笑笑,"去聊天吧。"

等温宜年不明所以地转回头,他才看着邢野:"你有病啊?"

"嗯,咽喉炎。"邢野点点头,说,"好几年了。"

"神经。"郝飞嫌弃地回了一句,停了停,突然偏着头斜眼打量起他来,"野野,我问你,你跟我说实话。"

邢野也吃得差不多了,放下筷子,从抽纸盒里抽了张纸巾擦嘴,随口问他:"说什么实话?"

邢野抬手把绾在头发上的筷子抽下来,一头乌黑顺滑的长发散下来搭在肩上。他微微偏着头,分开五根手指当成梳子,慢条斯理地顺着头发。

郝飞瞪大了眼睛，随即扭头朝门看了看，又放低了声音说："你要是不小心得罪了人家，或者说有什么把柄在人家手里，你也别瞒着兄弟……"

"哪儿跟哪儿啊。"邢野哭笑不得地说，"我是对人家有事相求，是正事，这不得表现得诚恳点，等找个合适的时机开口嘛。"

郝飞似乎还有什么话想说，邢野连忙摆手止住："你脑子里都是些什么乱七八糟的……回头我跟你细说。"

他笑着从自己的风衣兜里摸出手机，起身出去结账，刚踏出门就看到了一直没回来的温承书。温承书正靠在走廊的窗户旁，轻抿着薄唇，下颌线条硬朗，指间夹着一支烟，阴影中一点橘色的火光微微闪烁。

邢野脚下的步子顿了顿，他见过的温承书脸上总是挂着温和得体的微笑，给人一种很舒服的感觉。直到现在他才惊讶地发现，其实温承书脸上没什么表情的时候看起来有点冷，尤其是镜片后泛着冷冽光芒的那双眼眸。

听到旁边的门响，温承书嘴角微微扬了起来，先是偏过头，把嘴里的烟拿下来，这才转过头看了看门口的邢野，脸上又浮现出礼貌的笑容："结束了？"

"嗯。"邢野看着他，"怎么不进去？"

"抽根烟。"温承书侧过脸，将指间燃着的大半支烟捻灭在手边的垃圾桶上，起身道，"这就进去了。"

他从邢野身边走过,虽然走廊很窄,但他硬是没有碰到门边的邢野,推开门进了包厢。

邢野不由得回过头看了一眼合上的门,好一会儿,才抬起步子朝前台走去。

"刚才已经有位先生埋过单了。"收银员抬起头来,"就刚刚,跟你们一起来的那个年龄稍微大一点的。"

"买过了?说好我请的,让他掏钱算怎么回事。"邢野嘀咕着,他抬起头冲收银员笑了一下,"知道了,谢谢。"

从火锅店出来以后,天已经黑透了,几个人慢慢溜达着朝学校走,有一搭没一搭地闲聊。

李苗苗看了看躺在邢野手心里那只毛茸茸的小白团子,有点发愁:"它怎么办啊?今天晚上要查寝了,咱们也带不回去啊。"

"嗯……"郝飞想了想,提出了一个主意,"要么把它放生了?反正它是只鸟,让它回归大自然也挺好的……"

"可它是看起来是宠物鸟啊。"温宜年怯生生地开口,他环顾了一圈,见没有人反驳他,这才接着说,"宠物鸟习惯了定点喂食,可能会丧失捕食能力,如果把它放生了,它也许会饿死的……而且它的腿还受伤了,万一碰到流浪猫流浪狗的话,可能会很危险。"

这话说得有道理,郝飞轻轻叹了口气:"可是都这么晚了,上哪儿找领养啊?"

绞尽脑汁也想不出办法来，几个人无奈之下都沉默了。

"要不给我吧。"跟在最后的温承书突然开口。

温宜年的眼睛倏地一亮，扭头看着他，期待地问："真的可以吗，哥？"

"我可以先帮忙养着。"温承书顿了顿，又说，"等它的脚伤好了，你们如果愿意可以接回去。"

"哇，那就太好了！"李苗苗笑了起来，对他说，"太谢谢温大哥了，交给您养，我们也能放心一点。"

温承书笑了笑，目光看向邢野手里的小鸟。

邢野也不知道在想什么，从火锅店出来后就始终是一副心不在焉的模样。

他无意识地摩挲着小鸟的脑袋，即使几个人同时看过来，也毫无察觉。

郝飞连忙用胳膊肘捅了他两下，叫了声："小野，野子？"

邢野这才突然回过神来，怔怔地看着几个盯着自己的人："你们看我干吗？"

温承书扬着下巴朝他手里的小鸟点了点，重复了一遍："给我吧。"

邢野摸鸟的动作蓦地停了下来，目光缓缓移到他身上，喉结细微地动了一下，慢慢开口，问道："……要电话还是微信？"

郝飞："？"

李苗苗："？"

温宜年:"?"

王辰:"……嗝。"

"……"温承书费了好大劲才勉强稳住自己的表情,抬手指了指他手里的小白团子,"鸟。你手里的小鸟,可以先交给我来养。"

邢野还愣着,眨了眨眼睛:"啊?"

"啊什么啊,你。"郝飞从神思还游离在状况外的邢野手上夺过小鸟,压低了声音问他,"你今天发什么神经呢到底?着魔了?"

郝飞把小鸟放进钻了几个透气孔的纸箱里,走过去把纸盒递给温承书,冲他嘿嘿笑道:"谢了,大哥,回头让邢野请您吃饭!"

"不客气。"温承书伸手接过纸盒,脸上挂着礼貌却疏离的笑意,语气平淡,"举手之劳,吃饭就不用了。"

作为邢野铁打的兄弟,郝飞的大脑飞速运转着,从善如流地回答:"那怎么能行,您帮了我们这么大忙,请您吃顿饭是应该的,何况您还是……"

他正说着话,眼神无意间往下一瞟,目光蓦地停留在温承书伸出的右手的虎口上——那颗与邢野手上如出一辙的小痣……

他心里发出一声惊呼,顿时把原本含在嘴里那个"小可爱"的称呼忘了个一干二净,倏地抬起头诧异地盯着温承书,下意识地开口喊了一声:"原来你就是邢野心心念念的那个艺术品啊——"

"嗯!"总算反应过来的邢野快步冲过来,一把捂住他的嘴,但无奈还是迟了一步。

随着郝飞那句戛然而止的话,一旁的几人都愣住了,包括对面的温承书。

邢野一把搂过郝飞的脖子把他拉到一边去,背着温承书几人,瞪着郝飞小声骂道:"你脑子被驴踢了吧?胡说八道什么呢?"

"我错了,错了,错了……"郝飞被他搂着脖子,被迫弓着背,脑袋被他的手臂强行箍在胳肢窝,但还是没忍住白了他一眼,嘴欠道,"原来您也知道不好意思啊?"

温承书抬起头往不远处顾长清瘦的背影望去,眼里看不出什么情绪,随后淡淡地收回目光,偏过头对旁边的温宜年说:"我的车在那边,我先回去了。你到了宿舍和我说……"

话说了一半,他想起自己口袋里摔坏的手机,于是改口道:"算了,你早点回宿舍,别在外面玩。"

温宜年抬起头看着他,似乎是有什么话想说,但张了张嘴又没好意思问,最后只点了点头,小声说:"知道了。"

邢野的余光始终留意着男人离去的背影,等他穿过马路往道路的另一头走过去,这才慢吞吞地松开郝飞。

直到视野里那道高大挺拔的身影消失不见,邢野才轻轻叫了声:"飞飞。"

郝飞揉着脖子挺直了腰背,没好气地回了一句:"干啥?"

邢野转过头看着他，神情严肃，语气坚定："小可爱这个朋友我交定了。"

郝飞："……"

第三章
你的手真好看

温承书回到车里，用车载电话拨通了司机老陈的号码。

因为工作问题时常少眠，为了安全起见，他平时不大会自己开车，所以出门多是司机陪同。

老陈在电话里应了声"马上"，他平静地说了声"不急"，挂断了电话。等待老陈过来的时间，他打开笔记本电脑登录了自己的邮箱。

温氏集团对文阳某公司的收购已经进入尾声，还有不少收尾文件等着他进行最后的确认。他本是想趁着离开文阳前去看望从小就没离开过家的弟弟，不料手机却在这个节骨眼上出了问题。

手机关机了半个晚上，果不其然，邮箱里已经堆了十几封工作邮件。好在经过他多年的培养，集团的核心成员已熟悉了他的工作方式，发来的邮件有条不紊地在邮箱里排列着，前缀分别标注着每一封的紧急程度。

他先把前缀标注着"重要"二字的电子邮件打开查看，一一进行回复。

老陈大概就在附近，还没等他把第三封邮件回完，老陈就拉开了驾驶位旁的车门，表情稍显局促地冲他笑笑："不好意思，温总，这不是快中秋了嘛，听说这附近有一家店的鲜肉月饼很有名，我去给孩子买一盒尝尝。"

"没事。"温承书抬起眼睫淡淡地笑了一下，目光落在他手里的月饼盒上，重复道，"快中秋了？"

"是啊，下个礼拜六就是中秋了。"老陈系好安全带，转过头看着温承书,"回沂市吗,温总?"

"嗯,先把我送回公司吧。"

"回公司?"老陈提醒道,"到公司可能都要到凌晨了。"

"嗯,还有些事情需要处理。"温承书垂下眸子,继续回复重要邮件,停了停,突然想到什么,又抬起头说,"老陈,你明天有时间的话,替我去花鸟市场买一套饲养器具,顺便问问受伤的白文鸟应该怎么照顾。"

"好的。"老陈一边应声,一边疑惑地从后视镜里望了他一眼,目光这才注意到他旁边的座椅上放着一个打开的纸盒,小小的白色鸟头从纸盒里面探出来,绿豆大的小眼睛滴溜溜地来回转着。

"哟,这小鸟哪来的?这么可爱。"

温承书侧目往小鸟那里扫了一眼,漫不经心地说:"一个小朋友捡的。"

待温承书从他办公室里那张宽大的办公桌上抬起头时,金色的曙光刺破乌蒙蒙的天际,天快亮了。

他摘下鼻梁上架着的细边眼镜,合着眼略显疲惫地靠在椅背上,抬手捏了捏山根,偏过头朝落地窗外望过去,沉睡中的城市被初升的太阳镀上了一层柔和的薄光,正在渐渐苏醒——这是温承书最喜欢的清晨,宁静又美好。

沂市是个属于年轻人的城市,每天都有数不清的年轻人自以为在这里站稳了脚跟,却又在转眼之间被如浪涌来的更年轻的人群取代。

温氏集团总部坐落于这座城市最为繁华的中央商务区，温承书的办公室在大楼顶层，朝南是一整面钢化玻璃材质的落地窗，视野极为开阔，放眼便能览尽繁华都市。

他坐直了身子，桌角的盒子里，那只白色的小鸟将脑袋埋在雪白的羽毛下，乖巧而安静地酣睡着。他刚伸出手指靠近，小鸟便警觉地抬起了小小的圆脑袋，怯生生地望着他。

于是温承书伸了一半的手在半空中顿了顿，又收了回来。

提防意识还挺强，比它的主人强点。

他捏了一小把小米撒进盒子里，这是昨天夜里回公司时，老陈从安保室里那只鹩哥那儿讨来的口粮，小白鸟似乎不大愿意吃，只看了两眼就又将脑袋埋进了翅膀下。

温承书拿起手帕擦了擦手指，靠在椅背上盯着小鸟看了一会儿，莫名想起了那个看上去脑袋不太聪明的小孩，还有他那位朋友戛然而止的半句话。

什么"心心念念的那个艺术品"？

他仔细回想了一下和那个小孩短暂的初遇，心想也没什么特别的。况且就凭那小孩……那样不同寻常的个性，现在回想起来，他那天的行为甚至颇有点狗拿耗子的感觉。

但除此之外，他也实在想不到两个人还有什么别的交集。

他伸手拿起眼镜戴上，起身拎起搭在椅背上的外套，带着小鸟离开了公司。

"弟弟，以后，嗝……"邢野裹着一身酒气，搂着温宜年的脖子从学校对面的KTV里出来，凑到他脸前说，"……以后你就是我亲弟弟，有什么事儿你尽管来找我，甭跟我客气。"

温宜年有点感动，说："谢谢野哥。"

邢野捏了捏他的脸，嘿嘿乐道："客气什么……哎！"

门口有几级台阶，他只顾着说话没注意，走到跟前才发现，一脚踩空，拽着温宜年差点一起栽下来。

温宜年人本来就瘦，加上这一晚上跟着几个哥哥姐姐也喝了不少酒，脑袋也晕乎乎的，脚下跟踩着棉花似的，别说撑住他了，险些自己也被他带着从台阶上栽下去。

"哎哟，我的祖宗们啊。"跟在后面的郝飞赶紧伸手过去拉了他俩一把，眉头皱出个标准的川字，"你俩还好吗？哎，小可爱，你早上是不是还有课呢？"

"旷了！"邢野搂着温宜年站稳了，大手一挥，气势豪迈道，"弟弟听我的，都上大学了，不旷课对得起自己吗？"

温宜年本来就迷迷糊糊的，听到这话，白嫩的小脸立马一绷，也学着他的样子一挥手，豪气道："旷了！"

"……"最后面出来的李苗苗走过来把两人分开，把邢野落在包厢里的外套塞进他怀里，"你能不能教小孩点好的？"

"我怎么了？"邢野不满地嘟囔了一句，接过外套也没穿，搭在臂弯里，身体顺势往后，没骨头似的半倚在郝飞身上，打着哈欠问李苗苗，"你一会儿还去上课吗？陈教授的课，顺便帮我点个到呗,我这学期不能再挂科了。"

"活该你挂科。"李苗苗淡然地扫了他一眼,双手插进口袋里,抬起步子慢悠悠地往学校走,"吃早饭去吗?"

"不去,我要回去睡觉。"邢野抬手抹了把打哈欠打出的眼泪,站直了,冲温宜年招招手,"弟弟,过来。"

温宜年走过来,一边揉了揉太阳穴,一边问:"怎么了,野哥?"

邢野搂着他的脖子,凑过来小声问:"咱哥电话多少啊?"

"不能打!"温宜年一听就皱起了眉头,扭过头严肃地看着他,重复道,"不能给他打电话。"

"啊?"邢野眨了眨眼睛,"为什么?"

温宜年还皱着眉头:"你要是给他打电话,他就知道昨晚我没回宿舍了。"

邢野笑:"他手机被我摔坏了,接不到电话,没事。"

温宜年却还是撇着嘴摇头:"家里有备用机。"

邢野用手指蹭了蹭鼻子,思索了一会儿,试探道:"那要不你把他的微信给我?"

温宜年眼里染着朦胧的醉意,却仍是瞪着眼睛警惕地盯着他,看了一会儿,突然驴唇不对马嘴地问道:"你是不是有什么事情瞒着我?"

邢野没点头也没否认,直接箍着他的脖子在马路边蹲下,换上一副知心大哥哥给你摆道理的表情,扭头看着他问:"唉,弟弟,我问你一个问题。"

温宜年微微蹙眉，不知道他为什么突然换了话题，却还是乖乖回答："什么问题？"

邢野侧着头睨着他，语气正经："你觉得作为一个男人首先要具备的品质是什么？"

温宜年想了想，说："责任感？"

邢野抬手打了个响指，说："回答正确。"

温宜年不解地看着他，似乎不明白他的意思。

邢野又问："你觉得你哥我是男人吗？"

温宜年不假思索地回答："当然是了！"

邢野压低了声音对他说："我上回在学校，不小心把你哥撞了。"

温宜年有些茫然地看着他："嗯，我知道啊。"

邢野点点头，叹了口气："我还把你哥的手机撞到地上，摔坏了。"

"没关系的，野哥。"温宜年冲他笑，"我哥肯定不会让你赔的。"

"那多不好意思……"邢野继续忽悠道，"摔坏手机是小事，万一给你哥撞出个什么好歹，那我多过意不去！"

温宜年一听就乐了："野哥，你是钢铁侠啊？我哥那么大人了，碰一下还能被你碰出什么好歹……"

邢野沉默了一下，只好实话实说："我有个事确实想拜托你。"

温宜年疑惑地问："什么事？"

邢野摸了摸下巴,说:"咱们学院每年都会举办一场画展,这个事情你知道吧?"

温宜年点了点头:"知道,今年的主题是'目光'嘛。"他说着,脸上露出一个恍然大悟的表情,"哦,你想让我哥给你当模特啊?"

"聪明!"邢野冲他扬了扬眉,竖起大拇指,"一点就透。"

"但是我哥他平时挺忙的。"温宜年露出为难的神色,"估计悬。"

"所以需要你帮帮我啊。"邢野嘿嘿笑道。

"你要画什么?我哥的眼睛吗?"温宜年一笑,眼睛弯起,"要不你考虑一下我,大家都说我俩眼睛很像。"

邢野故作高深地摇了摇手指:"都画眼睛多俗啊,'目光',除了'目',还有'光'呢,自然是画些能一眼就让人视线停驻的东西。"

"啊?"温宜年不解地看着邢野。

邢野碰了碰他的肩膀:"所以,帮个忙呗,小年。"

温承书的睡眠很浅,放在床头的手机提示音才轻轻响了一声,他就睁开了眼睛,刚伸手把手机拿到面前,提示栏里又接连进来两条新消息。

［于琰］:我真的受不了了。

［于琰］:有他没我,有我没他。

［于琰］:你自己选吧。

温承书看了一眼时间，刚过十一点，四个半小时的睡眠，精力恢复得差不多，足以支撑他一整天的工作了。他从床上坐起来，拉过一个枕头垫在背后，拨了一个微信电话过去。

电话很快被人接了起来，对面的背景音听上去有些嘈杂，混乱的脚步声伴随着不时响起的快门声，还掺杂着英语的交谈声，明显是在摄影棚。

电话那头的于琰气急败坏地吼道："上回让你给我准备的氧气瓶呢？没有氧气瓶就赶紧让这个傻子给我滚，我再跟他多待一秒钟都要窒息了！"

于琰是集团旗下男装品牌的艺术设计总监，是从服装部门成立开始就一直跟到现在的工作伙伴之一。W男装能够在短期内达到现在这个高度，他功不可没。

温承书自认为是个有人情味的老板，他惜才，也懂得如何对待对自己有帮助的人。所以，作为商人的他会对于琰这样难得一遇的人才纵容一些。

于是他耐着性子问："又怎么了？"

"他竟然敢质疑我的设计！我当年在设计圈叱咤风云的时候，他一个毛头小子还不知道在哪儿捏泥巴呢。"

于琰的语气听上去气愤至极，他用了近半个小时的时间来表达自己对这位混血模特的愤怒。

在这段时间里，温承书已经起床并且高效地完成了洗漱。他身着一件丝绸质地的浅灰色睡袍，将腰带松松垮垮地系好，趿拉着拖鞋下楼，把手机开了免提放在餐桌上，有条不紊地为自己准备起了午餐。

"最可笑的是他竟然说我设计的衣服过于繁复,实用性不强。"于琰说到这里几乎要被气笑了,"我们出一个小时二十万的拍摄费用,是让他来做点评专家的吗?!"

感觉他发泄得差不多了,温承书这才平静地说:"说说你的想法。"

"换人!"于琰气愤地说,"他不配穿我设计的衣服。"

"可以。"温承书把平底煎锅里的牛排翻了个面,接着说,"如果你能在半个月内找到更好的模特。我们的秋装已经比同类品牌晚了近半个月上市,再晚就要与冬装争夺市场了。"

"……"

电话那头的人果不其然地安静了下来,过了一会儿,他有些疲惫地说:"知道了,我想想吧,这边先拍着,有更好的就换……氧气瓶还是得备,不然我今天可能就得死在这儿了。"

电话挂断后,温承书将煎好的牛排盛出来放进盘子里,将煎蛋与清水烫熟的西蓝花装盘,均匀地淋上酱汁。他将自己的午餐端上桌,又为自己倒了半杯红酒,手机还停留在和于琰通话结束的微信页面上。

他返回微信主页面,却看到通讯录处亮着一个红色的数字3。

［野生的小野请求添加您为好友,备注:我是邢野。］

［野生的小野请求添加您为好友,备注:哥,加一下。］

[野生的小野请求添加您为好友，备注：我是来看鸟的。]

这几条好友添加消息大概是今早他换卡的时候发来的，当时电话关机，所以他不知道。

温承书在同意和忽略之间犹豫了一会儿，还是选择了同意——毕竟他代养的小鸟是邢野的，替人家养鸟又不让人看确实不太合适。而且，显示是由好友推荐名片添加，不用想就知道肯定是温宜年推荐的，温承书不想在宜年朋友面前驳他的面子。

刚同意了好友申请，那小孩几乎是在同一时间发来了一条消息，就像是始终在等着他的添加请求被通过一样。

[野生的小野]：中午好！

他的猜测不错，邢野确实在等着他的消息，从要到微信那一刻一直等到了现在。他特意清空了最近联系人列表，就为了通过验证后温承书的聊天框出现在列表里时，他能第一眼看到。

温承书的头像大概是工作空闲时随手拍的照片。

一部打开的笔记本电脑，电脑旁放着一杯咖啡，照片的右下角隐约露出一只握着钢笔的右手。钢笔通体漆黑，金属外壳泛着冷冽的光泽，虎口那颗小痣都被钢笔衬得黯淡下来，那只握笔的手却仍冷白漂亮。

邢野第一眼看到的时候，呼吸都跟着紧了一下。

他莫名地有些紧张，轻轻点开头像，然后两只手指拖动放大,出神地盯着照片右下角的手看了一会儿,小心翼翼地点了保存图片。

在等待被添加的过程中,百无聊赖的邢野去查了那支钢笔的牌子和价格,钢笔并不是什么著名的品牌,价格也不贵,五百多块。

邢野冲动下了个单,买了支相同款式的钢笔。等他买完想了想,自己除了在作品的右下角签上自己的名字和平时考试以外,几乎也没有别的什么用得上的地方。

一晚上没睡,加上之前喝了点酒,困意袭来的时候,邢野躺在床上握着手机,等得几次差点睡着。

好友添加请求被通过的时候,他好不容易才勉强睁开眼皮往手机上扫了一眼,立马精神了,困意瞬间一扫而光。

他发完了消息,抱着手机翻身趴在床上,眼巴巴地盯着对话框,看着对面停了一会儿,手机上方显示出一排小字:对方正在输入……

邢野的嘴角不由自主地咧开了。

[Wen]:你好。

"啊啊啊!"邢野抱着手机在床上翻滚,奈何床铺太小,才转了半圈,后背就"咚"的一声撞上了墙壁。

他索性直接从床上弹起来,不料头顶却"砰"的一声撞上了天花板。

坐在椅子上戴着耳机打游戏的郝飞被这一声吓了一跳,慌忙摘下耳机抬起头看向他:"你怎么了?"

邢野捂着被撞得泛红的脑门,一边抽气一边龇牙咧嘴地直乐:"他回我消息了,飞飞!"

"我这儿有点事儿,挂个机。"郝飞闭了麦,在地图里找了个隐秘的草丛趴着,拉开椅子起身走过来,仰头看着上铺的邢野,"你没事儿吧,头晕不晕?"

邢野揉着脑门仰面躺回床上,嘿嘿笑道:"晕。"

"别是磕出个脑震荡来了。本来就不聪明,还不珍惜你仅有的脑细胞。"

邢野没搭话,郝飞蹙了蹙眉,看着他,语气里有些担忧:"不行你就去医院看一下吧,反正都旷课了。我陪你去?"

邢野像是没听到他的话似的,翻了个身趴在床上,下巴搭在床栏上看着他,有些急迫地问:"他说你好!快,快,快,我回什么?"

"……"

"问你呢,飞飞,帮我想想我应该回啥?"

"你要人家联系方式的时候不是挺有勇气的,怎么这会儿'社恐'起来了?"郝飞说,"直说呗,请他当模特,问问人家愿意不愿意。"

"太直接了吧?"邢野有点纠结,"宜年说他挺忙的,我直说的话,估计他不会同意。"

郝飞给他出主意:"那你就先跟人家套套近乎,唠唠家常什么的,刷刷好感再开口,可能比较好说。"

邢野连忙点头:"有道理,有道理。"

郝飞看着他这副模样，心说这人也没什么智商下降的空间了，心里默默地对他翻了一连串白眼，转身去桌上拿自己的手机："我去打饭，你吃吗？"

"牛肉面，不要香菜不要蒜。"邢野低头在手机上打字，头也不抬道。

等郝飞打了饭回到宿舍的时候，邢野已经下了床，正弓着背坐在自己桌前，前额抵着桌沿，捧着手机发呆。

"干吗呢？"郝飞走过来，把手里拎着的塑料袋放在他桌上，"抬头让我看看。"

邢野应声抬起头来，眼睛却还盯在手机上，手上也没别的动作。郝飞低头凑过来看了看，他右边脑门泛红的地方已经微微肿了起来，看上去磕得不轻。

"啧。"郝飞咂舌，从袋子里拿出一根冰棍按在邢野脑门上，"先按会儿吧，不消肿的话就去医院看看，上点药。"

邢野被冰得一个激灵，抬手按着贴在额角的冰棍，也不知道听没听到他说话，反正是没等他说完话就先把头点了点。

郝飞低头往他亮着的手机屏幕上瞟了一眼，对话框里还是只躺着干巴巴的两句话——

中午好！

你好。

郝飞愣了愣，震惊地看着邢野："……你坐这儿这么半天在干吗呢？"

邢野慢吞吞地趴回桌上，愁眉苦脸道："我不知道怎么跟他套近乎啊。"

"您要是再等下去，就能回晚上好了。"郝飞打开一罐冰镇可乐喝了一口，坐回到自己电脑前，随口说，"翻翻他朋友圈，看他喜欢什么，找共同话题呗。"

"他没有发过朋友圈啊。"邢野皱着眉头摆弄了两下手机，突然灵光一闪，坐起来问他，"要不我也把我的朋友圈删光，跟他说——这么巧，你也不爱发朋友圈啊？"

"您还能再刻意点吗？"郝飞想了想，扭头对他说，"他不是帮你养鸟吗？你就说要看鸟，让他给你拍照。"

"对啊。"邢野被他这么一提醒才突然想起来，自己大清早给他发好友验证的时候就借口说要看鸟，结果收到回复后，他太激动了，差点把这茬给忘了。

他拿过手机，手指在九宫格上停顿了一会儿，又转过头问郝飞："我直接问他小鸟怎么样了，会不会显得太不信任他了？要不要先寒暄一下？"

"……"郝飞万分无语地摇了摇头，低头拆开自己桌上的餐盒，"哥，你再纠结一会儿天都黑了。"

"那我到底要不要啊？"邢野又问。

"随便。"

"那我是说今天天气真好，还是问他有没有吃午饭？"

"都行。"

"我是打字还是发语音啊？"

"看你。"

郝飞一边吃面一边听着身后的邢野按住语音一遍又一遍地录:"哥,你吃午饭了吗?""你在忙吗?""你现在有时间吗?""今天天气真好啊,呵呵……"

结果一直到碗里的面都快吃完了,郝飞也没听到一声语音发出的提示音。

这时只听邢野轻轻叹了口气,自言自语地说:"唉,算了,今天嗓子有点哑,还是打字吧。"

"……邢野。"郝飞实在没忍住,回过头无可奈何地看着他,"我以前怎么没发现,你这个人这么磨叽。"

温承书刚把衬衫领口的扣子扣好,就听到门铃响了,他下楼去开门,老陈正拎着一个鸟笼和一些饲养器具站在门口。

"鸟笼和饲料都是买的最好的,不知道小鸟多大了,卖鸟的老板说,保险起见还是先给它吃磨碎的幼鸟饲料,方便消化。"老陈按照温承书的指示把鸟笼放在客厅的飘窗上,然后又把笼子里需要安装的编织鸟巢与多层栖木一一装好,说,"我刚才过来的路上去了一趟宠物医院,医生给小鸟开了点营养粉,平时可以添点温水给它拌在碎草籽里,还有,鸡蛋壳也可以捏碎了喂给它。"

温承书听到这里的时候微微蹙了下眉,确认了一遍:"鸡蛋壳?"

"对。"老陈笑着说,"我也纳闷呢,咋这小东西还吃蛋壳呢,人家医生跟我说鸡蛋壳补钙。白文鸟就爱吃带壳的东西,等它再大一点,吃草籽、稻谷什么的,都得要那种带壳的。"

"知道了,谢谢。"温承书说,"对了老陈,你等下先不要回去,在车里等我一会儿,我要去趟摄影棚。"

老陈应道:"好的。"

温承书回到楼上,看到放在床上的手机屏幕亮了起来。他拿起手机查看消息,发现是那个小孩刚刚发来的微信,挺有礼貌的。

[野生的小野]:哥,你现在有时间吗?

温承书抬起眸子往桌上的纸盒里看了一眼,小白鸟还是一副精神不佳的样子,不知是因为换了新环境不适应,还是没有吃东西的缘故。

他思索了片刻,在手机上回复道:嗯,你要看鸟吗?

趴在桌上咬着手指等回复的邢野没想到他会直接发来这么一句,有些愣神,不过这倒是免了他原本打算用来铺垫的废话,这次回复变得顺畅得多。

[野生的小野]:方便吗?

回复完以后,对面却没有马上发来消息。

"怎么不回了啊,是不是嫌我太磨叽了?"邢野自言自语道。他想了想,把刚才发出去的那句话撤了回来,重新在对话框里输入了几个字,发送出去。

[野生的小野]:嗯!要看的。

温承书把领带系好之后,拿起手机看了一下他新发来的消息，嘴角轻微地扬了起来。他走到桌边不紧不慢地把腕表戴上，从盒子里慢慢将小鸟拿起来，一边下楼，一边给邢野拨去了微信视频邀请。

手机这端的邢野显然被屏幕上突然亮起的视频邀请吓了一跳。他猛地从座位上直起腰杆，神色慌乱，像是被手里握着的手机烫着了似的，来回倒了两遍手，还是觉得怎么拿都不自在，只好慌里慌张地求助"军师"："怎么办，飞飞，他给我发视频了！"

郝飞正在那边热火朝天地打着游戏，心不在焉地回他："接啊。"

邢野盯着屏幕，规律的心跳竟被铃声刺激得加速，一咬牙，他伸手捞起桌上卷成一团的耳机。他一边担心对面会随时挂断，一边手忙脚乱地解着耳机线，奈何越急越慌乱，怎么也解不开，他索性把耳机丢在一边，对身后的郝飞喊道："飞飞，耳机！"

郝飞抓起桌上的耳机丢给他，他捏着手机做了两次深呼吸，戴上耳机，颤抖着把大拇指对准屏幕，点了一下"同意"。

校园网信号不太好，视频在加载的页面上卡了很久，邢野盯着屏幕等了半天，见还没接通，拿起水杯正要喝水，屏幕里却冷不丁跳出了自己放大的脸，吓得邢野被正要咽下的水呛了一下，连忙抬手朝自己胸口拍了拍。

温承书手机的摄像头不高不低，正对着自己轮廓硬朗的脸，他似乎是也没想到会卡这么久，脸上还没来得及调整表情。

他不笑的时候看起来不大好相处，有些拒人于千里之外的冷漠。

但很快，他的表情变了一下，神色有些复杂："……你，怎么了？"

邢野若无其事地收回手，挺起腰背坐直了："没，没怎么啊。"

温承书没再说什么，他切换到后置摄像头，对着地板，画面有些抖动，他似乎正在走动。

"刚才在换衣服，没及时回复。"温承书低沉而富有磁性的声音贴着邢野的耳朵响起。

邢野不大自然地按了一下耳朵里塞着的耳机："嗯？什么？"

"方便。"温承书说。

"啊。"邢野一愣，反应过来他回答的是自己刚才撤回的消息，顿时感觉有点尴尬，干巴巴地说，"你看到了啊？"

"嗯。"

邢野一时有些无言以对，他抬起手不自在地将头发拢在一侧胸前，弓起一条腿踩在椅子上，微微偏着头，抱着膝盖，盯着手机里晃动的画面。

温承书似乎是察觉到了他的尴尬，他把手机举了起来，摄像头对准了窗前一个做工精致的金属鸟笼。

邢野终于找到了话头，问道："这是给小浑蛋准备的豪宅吗？"

耳机里传来一声极轻的气音,温承书似乎是被他对小鸟的称呼逗笑了。

"嗯。"温承书应了一声,顿了顿,接着说,"它很乖。"

邢野看着画面里愈发靠近的鸟笼,想了想,轻轻问:"它……没再啄你吧?"

"没。"

温承书已经走到了鸟笼面前,视频画面抖动了一会儿后,摄像头对准了鸟笼,画面也稳定了下来。

邢野猜测,大概是他把手机固定在了什么地方。

紧接着,温承书的手出现在画面里,在手机高清摄像头的拍摄下,占据了半个屏幕。

邢野怔怔地看着他修长的手指钩起金属材质的鸟笼门栏,将雕着花纹的半弧形小门打开,抬起另一只手小心翼翼地将白文鸟放了进去。

他扣动小门上的金属卡扣时,邢野清楚地看到他因用力而清晰分明的骨节与白皙的手背上微微泛青的脉络。

邢野忍不住在心中感叹,不愧是我一眼看上的手模——绝美啊!

他的喉结几不可见地动了一下,还是没忍住夸赞道:"……你的手真好看。"

"是吗。"温承书漫不经心地应了一声,他从旁边的袋子里拿出一罐磨碎的草籽。

"是。"邢野顿了顿,接着说,"是我见过最好看的手。"

镜头外的温承书微微挑了下眉，有些意外。

他礼貌地道了声："谢谢。"

他按照老陈说的，用勺子将草籽与营养粉以1∶1的比例舀进旁边打开的食盒里，又起身到饮水机前接了小半杯温水倒进去，均匀搅拌成糊状后，把食盒放进笼子里。

在这个过程中，手机里始终没有传出半点声音，他中间抬头往手机扫了一眼，发现那小孩正目光专注地盯着他手上枯燥的动作——几乎让他产生了一种自己正在进行什么独特表演的错觉。

他有条不紊地放好鸟粮，又将纯净水添进小鸟的水碗里后，这才提醒性地轻咳了一下……然而对面的小孩却愣是半点没听出来。

他在心里叹了口气，只好无奈地收回了手，装作什么都没发现，走过去洗手。

温承书的手机摄像头还对准着笼里的小鸟，人却消失在了画面里，邢野的目光失去了焦点，一时有些茫然，很快便听到手机里隐隐约约传来一阵细小的水声。

他愣愣地眨了眨眼，意识到温承书大概是去洗手了，这才终于把注意力放回了笼子里的小白团子身上。

进入到舒适环境的白文鸟一改刚才无精打采的模样，摇摇晃晃地跳到食盒前，低着脑袋先是试探性地啄了一点草籽糊糊尝了一下，大概是觉得味道不错，很快便狼吞虎咽地吃了起来。

背景音里的水声停下来,脚步声由远及近,紧接着手机被人拿了起来。

"我还有点事,要出门了。"温承书在画面外说道。

"哦,好!"邢野忙道,"那,再见。"

"嗯,再见。"温承书说。

临挂断前,邢野又小声道了一句:"谢谢。"

温承书放在挂断键上方的手顿了顿,轻轻笑了一下:"不用客气。"

邢野坐在自己的桌前,正盯着通话结束的页面发呆,身后突然慢悠悠地飘来一句:"那,再见。"

邢野皱着眉头扭过头,怀疑地看着郝飞:"我刚才有这么恶心吗?"

郝飞捧着肚子哈哈笑了起来:"你刚才比这个恶心多了好不!"

混血小模特以挑剔的眼光打量着服装师手里拿着的衣服,用高高在上的口吻点评道:"我认为这两件衣服根本就不搭。"

被刁难了一整天的服装师很是无奈,有点想哭:"但这是一个系列……"

小模特伸手扒拉了一下衣架,表情里透出些许嫌弃:"我认为……"

于琰听得直冒火,拍摄进度因为这个除了脸和身材以外一无是处的小浑蛋一拖再拖,导致一上午就只拍了两个系列中的服装。中午十二点没到他就开始喊饿,团队没办法,只能叫停。

好不容易伺候好小祖宗吃饭休息,把人哄来继续拍,他这就又开始"作妖"。

于琰本就匮乏的耐心这会儿是真的所剩无几了,于是抬起头怒气冲冲地朝他吼道:"你认为什么认为,你认为没有用,要我认为。小琳你愣着干什么呢?还不赶紧给他换衣服,这都几点了,这么多工作人员晚上还要不要吃饭了!"

他这一吼让现场顿时安静了下来,气氛有些尴尬。

小模特抬起眸子有些意外地朝于琰望了一眼,在于琰不算和善的目光里,他弯起眼睛轻轻笑了一下,接着耸了耸肩,转过身对旁边满脸犹豫的服装师笑笑。

小模特总算老老实实地换好了衣服,回到镜头前。

不知是不是于琰刚才的话起到了震慑作用,他竟真的乖乖配合起拍摄来。于琰抱臂站在镜头后,拧着眉头盯着他看一会儿,转身离开了摄影棚。

于琰正蹲在摄影棚门口抽烟,一辆车缓缓从大门口开进来,在他旁边停下。

"你怎么过来了?"他抬头看着从车上下来的温承书。

"过来看看。"温承书走过来,"拍摄进度怎么样了?"

于琰起身从兜里掏出烟盒,递了一根烟给他,靠在门边悠悠地吐出一团白雾:"效果还行,但那人我真是多看一眼少活十年。"

温承书叼着烟点燃:"那你过来干什么,据我所知,这里应该没有用得着你的地方。"

于琰一个白眼差点翻上天:"我要是不来盯着,我怀疑这小浑蛋就得折腾个天翻地覆。"

温承书听到"小浑蛋"这个称呼时,轻轻笑了一声。

"你笑什么?"于琰斜眼觑着他。

"没什么。"温承书将指间夹着的烟递到嘴边抽了一口,缓缓吐出一缕白烟,问他,"我记得今年的秋装是不是主打两个风格?"

"是啊,之前不是给你确认过方案吗?"于琰说,"因为我们品牌从开始到现在的风格一直是更偏向于学院派,虽然在同类品牌里比较起来,成绩一直不错,但局限性太大。所以今年想尝试转型,把我们的品牌受众面稍微拉广一些。我们今年的秋冬新品一类是沿用以往的风格,还是以青春活力为主基调,亮色与暖色为主,面料上选择的也是比较柔和的针织与抓绒等。另一类主打禁欲系,色调以黑白灰为主,面料就是舒适、垂感较好的亚麻、丝绸类,款式总体看起来都比较简洁大方,但有很多特别的设计在里面,适合出席各种场合,相对来讲,不会有那么多局限性。"

"嗯,挺好的。"温承书若有所思地点了点头,又抬起眼问他,"第二个风格有图可以让我看看吗?"

"只有人体衣架的上身图。"

"我看看。"

"我找一下啊。"于琰叼着烟，掏出手机低头滑动了两下，一边把手机递给他，一边皱起眉头，"说起这个，我又忍不住要骂里头那个傻子了。"

温承书低头在他手机上看新款服装的图片，漫不经心地问道："怎么了？"

"那家伙说什么都不肯把头发染黑，本来就长了一张娃娃脸，又顶着一头金色的泰迪卷，看着跟未成年似的。你说这套他怎么拍？"于琰蹙着眉，把燃尽的烟头摁灭在旁边的垃圾桶上，"我今天让小雅重新联系模特公司了，看看能不能尽快找个合适的，能找着的话就赶紧让这个给我滚。"

半天等不到回应，于琰抬头看了一眼温承书，见他正拿着手机，一副若有所思的样子。

"想什么呢？"于琰问他。

"我在想，我这里可能有个合适的人选。"温承书抬起头，把手机还给他，"我晚点把照片发给你，你可以看看。"

"嗯？"于琰伸手接过手机，有些好奇，"模特吗？"

"最近认识的一个小朋友。"

第四章
别致的审美

邢野醒来时天已经黑了，宿舍里很安静，入睡前耳边噼里啪啦的键盘声早已停了下来，郝飞不知道是睡了还是出门了。他迷迷糊糊地睁开眼睛，等视线逐渐适应黑暗，才从枕边摸起手机拿到眼前看了下时间。

快九点了。

他打着哈欠翻了个身，面朝墙侧躺着，然后打开微信，翻到最近联系人列表，置顶的对话框里还躺着中午的最后一条消息。

下午 1:36。

[Wen]：[聊天时长 9 分 27 秒。]

邢野捧着手机傻呵呵地乐了半天，又意犹未尽地点开温承书的头像欣赏了一会儿，正琢磨着这会儿发消息过去会不会有点打扰，手机突然弹出一条电量过低的提示。

他只好暂时放弃了打扰温承书的念头，起身下床的时候抬头往对面的床铺上扫了一眼，对床是空的，郝飞没在。他把手机充上电，给郝飞发了条微信，问了下什么时候回来，如果方便的话带个饭，对面很快回了个 OK。

邢野放下手机，拿上换洗衣服进浴室洗澡。

浴室里氤氲着朦胧的雾气，镜面上蒙了一层水雾。邢野抬手在镜子上抹了一把，微微眯起眼睛，看着镜里自己被热气蒸得染上酡红的脸。

中午时撞红的额角已经消肿了，伤处却泛起一块核桃大小的青紫色痕迹，他作死地抬手用指腹轻轻碰了一下，疼痛伴随着火辣辣的烧灼感直冲脑门而来,疼得他忍不住小声吸了口凉气。

他拧开水龙头,捧起凉水洗了把脸,突然回过神来,猛地抬起头,睁大了眼睛看着镜子里的自己——

天哪!

那今天中午他岂不是顶着跟南极仙翁一样的脑门跟温承书视频了快十分钟?

接下来的半个小时都不足以让他消化这个事实。

郝飞拎着晚饭回来,一打开灯就看到一颗头颅诡异地"挂"在他对床的床边,漆黑柔顺的长发从床铺边缘垂下来。他的头皮腾地一炸,脊背汗毛直立,平地一声吼:"——啊啊啊!"

邢野正拿脑门抵着床栏,呈死尸状生无可恋地趴在床上,偏着头盯着手里亮着屏幕的手机,语气幽幽道:"飞飞,我要死了。"

"……我才要死了好吗?!"郝飞没好气地说,抬手安抚着自己脆弱的小心脏,走进来把晚饭放在桌上,"你不是在宿舍睡了一下午吗?又怎么了?"

邢野趴在床上一动不动,仍幽幽地问他:"你会跟一个长得像南极仙翁的人交朋友吗?"

"我有病?"郝飞莫名其妙地看了他一眼,"你看我像审美那么别致的人吗?"

"你说小可爱他哥的审美别致吗?"邢野说着,眼睛一亮,一抬手把还没干透的头发撩到后背上,转过头看着他,"没准儿有钱人的审美就挺别致的呢?"

"我觉得正常人都不至于别致到那个地步。"郝飞实话实说。

邢野随手把手机扔到旁边,转过头把脸埋进枕头里,闷号了一声:"杀了我吧——"

郝飞皱着鼻子问他:"你又发什么神经呢?怎么了?"

邢野从床上爬下来,恹恹地趴在桌上,三言两语地快速跟郝飞解释了一遍。

郝飞拉开一罐啤酒,滑着椅子晃到邢野桌前,把啤酒罐递给趴在桌上半死不活的人:"就这事儿啊?"

"你懂什么,艺术面前无小事。"邢野哭丧着脸,慢吞吞地坐起身,接过啤酒罐往嘴里灌了一大口,"我刚给他发微信他都不回了,我这个形象,人家可能觉得很吓人吧……"

"没准儿人家没看见呢。"郝飞拍了拍他的肩膀,安慰道,"这真没多大事儿,又不是没见过,还能因为个视频就见光死了?你要是觉得在他心里形象扫地了,想法子挽救一下不就得了。"

"怎么挽救啊?"

郝飞摸着下巴琢磨了一下,出主意道:"嗯……要么去朋友圈发两张自拍?"

"万一他看不到呢?"邢野皱着眉头说,"小可爱不是说他哥做生意挺忙的吗?没准儿人家根本就不刷朋友圈呢。"

"也是啊。"郝飞慢悠悠地转着椅子思考了一会儿,突然灵机一动，一拍大腿，"那你干脆就直接把头像换成你的自拍得了，然后有事儿没事儿就去刷刷存在感，争取早日洗刷掉他心里你的大脑门的印象。"

"能成吗？"邢野怀疑地看着他。

"试试呗。"郝飞把啤酒递到嘴边，瞥着他，"不然你还有别的办法？"

邢野拧着眉，神情严肃地把啤酒罐重重地砸在桌上，沉声道："行吧。"

郝飞往洗手间指了指，贴心提醒道："里头光线比较好。"

半个小时后。

洗手间里传出一声抓狂的哀号："啊——"

郝飞被这一嗓子吓了一跳，快步冲到洗手间门口："咋啦？"

邢野拉开门，目光幽怨，把手机举起来递到郝飞面前。

郝飞凑过去看了一眼："这不挺好的吗？"

邢野把照片放大，示意他看自己脑门上的瘀血。

"嗐，我当什么事儿呢。"郝飞丝毫不当回事儿地摆了摆手，"问题不大，你把照片发给咱班女生，让她们谁有空给你修一下呗。"

邢野一琢磨，也觉得这个建议靠谱，于是便从刚才拍的几百张照片里精挑细选出几张发在班级群里。

［野生的小野］：大艺术家们在吗？

［野生的小野］：展现你们实力的时候到了。

温承书下午没什么事情,在摄影棚多待了会儿,晚上结束后跟同样闲下来的于琰出来喝了两杯。

"我一直以为你会让小年学习与管理相关的专业。"于琰拿起酒瓶,把温承书面前的酒杯添满,随口问道,"不打算以后让小年帮你分担一下?"

温承书漫不经心地笑笑,淡淡道:"做他想做的吧。"

于琰也跟着笑了笑,没再继续这个话题,转而冲他挑了下眉,揶揄道:"话说那个小孩怎么回事儿?"

温承书抬眼看了看他:"什么怎么回事儿。"

"认识这么多年还是头一回见你往我这儿塞人,还是个大学生,我能不好奇吗?"于琰调侃道,"该不会是你什么亲戚吧?光明正大走后门?不是你的风格啊。"

温承书有些无奈地摇了摇头,端起酒杯递到嘴边抿了一口:"就是个长得挺出色的小孩。"

"多出色?"于琰忍不住笑了起来,"我在这行待这么久了,什么出色的没见过,你这么一说我倒是好奇了。"

温承书放在桌上的手机响了一声,屏幕亮了起来,一条微信消息弹了出来。旁边的于琰听到提示音,下意识往他亮起的手机屏上瞄了一眼,正好看到提示栏里躺着的消息。

[野生的小野]:哥,我今天还能再看看小浑蛋吗?

于琰凑过来看了一眼,屏幕上接着又跳进来一条。

[野生的小野]:想它……

于琰抬起头，神色复杂地看着温承书，一言难尽地道："这男孩多大啊，还这么说话……"

温承书拿起手机解锁，面不改色道："都说了是个小孩。"

温承书打开微信才发现小孩一个小时前给他发过一条消息，问他方不方便，那会儿他和于琰在来吃饭的路上，没有注意。

他按住语音，回复道："我在外面，现在不太方便……"

话还没说完，他突然注意到对方的头像变了，原本头像上的画作被换掉了，取而代之的是一张有些眼熟的照片。

温承书有些疑惑，嘴里的话也不由得停顿了一下，手一松，那条语音就发了出去。他没继续把话说完，而是先把手指移动到对方换的新头像上，点开大图。

他盯着小孩的头像，眉头微微蹙了起来，总算明白过来这股熟悉又陌生的感觉是怎么回事了。

这是那个小孩的自拍。

用自己的照片当头像并不是什么稀奇的事情，尤其在他这个年龄，连温宜年有段时间也曾用自己旅行时拍的照片当头像，只不过让他诧异的是这张照片实在有些让人摸不着头脑——小孩立体的面部轮廓被高度磨皮磨得五官都有些模糊，眼尾的小痣早已经找不到踪迹，本来就挺尖的下巴活生生被修成了锥子。最惊悚的是，那双细长的桃花眼竟被美颜软件修得又大又圆，上挑的眼尾也不自然地向下耷拉着，不难看出是想努力营造出无辜又可爱的感觉……

这样的画面无疑给温承书一向波澜不惊的内心造成了极强的震撼，提示栏里弹出一条新消息，小孩的语气听起来挺失落的，回了句："好吧……"

"你说的小孩是他吗？"于琰凑过来，好奇道，"有照片吗？给我看看……"

温承书不着痕迹地退出浏览头像的页面，按住语音继续把刚才的话说完："……晚点如果你还没睡的话，我再打视频给你？"

与此同时，美院某间男生宿舍里，正用微信语音通话进行"多方会谈"。

"小野，小野，你微信响了，快看看他说什么了！"女孩A催促道。

"他回了一条语音。"邢野实时汇报道。

"打开免提，让我们听听！"女孩B八卦道。

郝飞也凑过来盯着他的手机，催道："快点，快点，他说啥？"

邢野有些紧张地点开了温承书发来的语音。

温承书礼貌中带着几分疏离的声音从手机里传出来："我在外面，现在不太方便。"

一句话让欢乐的气氛降到了冰点。

"好冷淡啊……"女孩A说。

"是啊。"女孩B小心接道。

女孩C干干地笑了两声，安慰道："没事，小野，也许人家这会儿有事，咱们再接再厉，别气馁！"

女孩A连忙附和："是啊，是啊，最起码他还秒回呢！"

女孩B也说："就是，就是，没事啊，小野，别难过。对了，你头像换了吗？"

"刚换。"邢野有点失落，垂头丧气地说，"我刚刚把这事儿给忘了，消息发出去才想起来。"

旁边的郝飞抬手拍了拍他的肩膀，邢野低头一边回复一边说："唉，没事儿。"

几个人正轮番安慰着他，对方又发过来一条语音。

邢野有点尴尬，这次没好意思再开外放，先减小了手机音量，才点开语音，把手机贴到耳边。

大概是因为声音关小了，从听筒里传来的音调显得很低："晚点如果你还没睡的话，我再打视频给你？"

郝飞就见他闷闷不乐的脸上缓缓绽出一朵花。接着，他语气稍显刻意地说："好，那我等你有空了再说。"

说完他又把语音上滑取消，嘀咕道："这样会不会太谄媚了？"

他清了清嗓子，重新按住语音键："行。"

再次上滑取消："这样太冷漠了吧？"

于是他又一次按住语音键，故作轻松地说："好，那我等你吧，反正我也不困。"

语音通话里的其他人，以及旁边的郝飞："……"

发送成功后,邢野一边笑一边捧着手机等回复。

对面的人也的确回得很快,这次是两条文字。

[Wen]:你还有别的照片吗?

[Wen]:如果方便的话,可以发给我吗,有点用处。

郝飞凑过来往他手机上瞄了一眼,有些震惊:"这样也行?"

"怎么了,怎么了?"女孩A焦急地问,"发生了什么事?"

"他竟然管野子要照片?"郝飞惊了,"头像那张照片修得都失真了吧,他难道看不出来吗?"

女孩C道:"我觉得我那种蒸汽波风格也超炸的!小野你快把我刚刚给你修的图发过去!"

"我修的图不酷吗?我还把小野的直发修成了大波浪,美得很,小野发我修的!"女孩A说。

"别争别抢,都发都发,感谢各位艺术大师的优秀作品。"邢野笑得合不拢嘴,选择了相册里一堆被修得千奇百怪的照片,一股脑儿地发送给温承书。

温承书刚端起杯子抿了口酒,放在一旁的手机开始疯狂地响,他没想到邢野会发过来这么多照片,忙把手机调成了静音,点开微信——

温承书的脸色陡变,落在屏幕上的手指也僵了一下。他有些艰难地点开对方发来的照片,双唇紧抿,眉头越蹙越紧,往右滑动的动作也愈发缓慢。

"发过来了?"于琰伸头凑过来往他手机上瞄了一眼,"哟,还发了这么多——"

在看清屏幕里的照片后,于琰脸上原本含着笑意的表情僵了一下,眉头不由自主地拧了起来,脸色也逐渐向温承书"看齐"。

他抬起头,不可思议地看着旁边脸色不大好看的温承书,喉头有些堵:"……这就是你跟我说的那个适合当模特的男孩?"

温承书的目光还凝固在手机上,抿着唇没说话。

于琰又低眸往他手机上瞟了一眼,语气有些一言难尽:"老温,你这审美可够别致的啊……"

温承书回到家的时候已经是凌晨了,他犹豫了一下,还是遵守诺言给那小孩发了条消息过去。

[Wen]:睡了吗?

对面的人几乎是立刻回了过来:没呢,你到家啦?

温承书脱下外套随手搭在沙发上,走过去给自己倒了杯水,一边按住语音回复道:"嗯,还没休息?"

对面的人仍然回复得很快。

[野生的小野]:嗯嗯,在等着看小浑蛋。

接着又是一条,句尾还带着一个弯着眼睛、脸蛋红红的表情符号。

[野生的小野]:好久没看见了,怪想它的。

温承书拿起水杯不紧不慢地喝水,意识到对面的人语气里明显流露出的讨好卖乖,坦率得让他心里生不出半点反感和厌恶的情绪。

他将水杯放在桌上,把手机拿到嘴边,问:"要现在看它吗?"

[野生的小野]:嗯!

不出意外地得到了肯定的回答,温承书直接发了视频过去。这次接通的速度不像上午那样慢,提示音一遍还没响完,屏幕中很快便出现了画面。

邢野的手机拿得有点低,镜头微微向下倾斜着,画面里只露出了下半张脸。

虽然画面并不算清晰,温承书却莫名感觉心里一块石头落了地。

……脸没变就好。

对面大概是信号不太好,卡了一小会儿,画面才动起来。邢野半靠在宿舍的小床上,后背倚着的墙上挂着一块仿油画质感的背景布。

镜头贴得很近,加上光线也不大好,温承书还没看清楚背景布上画的是什么,邢野就扬起唇角轻声跟他打了个招呼:"嘿。"

温承书不着痕迹地收回探寻的目光,朝飘窗前的鸟笼走过去,随口问道:"你们学校晚上还熄灯吗?"

"不熄啊……"邢野愣了一下,反应过来他的意思,低低地说,"哦,太暗了是吧?我室友睡了,我就开了个小灯,我调一下……"

"嗯,没事。"温承书声音里没有波澜,抬起眼皮往屏幕里扫了一眼。

视频画面显然比刚才亮了不少。

对面的人正侧着身子,一边伸着胳膊把床头夹着的台灯拧到最亮,一边转过头看向屏幕,把声音放得很轻,询问他:"这样行吗?"

温承书这才注意到他额角那个又红又肿的大包已经消了,只留下一小块青紫,看起来有些严重,好在没破。

邢野显然也很快回过神来,抬手一把捂住脑门,直起身,把手机拿低了些,让镜头避开额头上的伤,语气有点生硬:"现在能看清吗?"

温承书把手机支在桌子上,转过来对着飘窗,低下头看着屏幕,声音低沉柔和:"我随口说说,你不用在意。"

"……嗯。"邢野轻轻地应了一声,"小浑蛋呢?"

温承书起身走到飘窗前坐下,低下头在鸟笼里找了找,目光停在正在鸟窝里睡着的小鸟上,轻轻笑了一下:"它睡了,在窝里。"

"啊,太晚了吧。"邢野说着顿了顿,听上去有点不好意思,"这么晚还让你跟我视频,打扰你休息了吧?"

"没有,还早。"温承书慢条斯理地将衬衫的袖口挽起,露出一截线条流畅、肌肉紧实的小臂,他一边伸手过去打开鸟笼，一边随口问，"你怎么也还没休息？"

邢野下意识地回答："在等你的视频啊。"

温承书抬起头淡淡地看了他一眼。

邢野解释道："我今天下午睡多了，现在还不太困，所以就想着等你回来视频看看小鸟再睡。"

温承书伸手把小鸟快要空了的食盒取出来，笑了一下："我去洗一下。"

邢野愣了一下，连忙应道："好。"

等他清洗完食盒回来，抬头往屏幕里瞟了一眼，对面的邢野看上去有些发愣，不知道在想什么。

温承书把洗好的食盒和一杯接来的温水放在飘窗上，玻璃碗底和大理石面碰撞出一声轻响，视频里的人这才注意到他回来了，脸上不自觉地又挂起了笑意："你回来啦。"

"嗯。"他从旁边的架子上取下鸟食，舀了两勺放进食盒里，倒入温水搅拌，"你额头怎么了？"

不知道什么时候又把手机拿高了的邢野愣了一下，无奈已经被发现了两回，再躲也没什么意义了，索性直接把手机举平了，语气有点不自然地说："早上起床起猛了，不小心撞到天花板上了。"

温承书一愣，怎么也没想到会是这样的理由，没忍住低笑了一声。

邢野被他笑得有点尴尬，抬起手摸了摸额头。

温承书担心伤了小孩自尊，忙敛住了笑意，恢复了从容淡定的模样,语气平平:"小心一点。"

邢野轻轻应了一声:"知道了。"温承书把食盒塞进鸟笼里时,原本在窝里睡觉的小鸟不知是被他的动作吵醒了,还是嗅到了香味,迷迷糊糊地睁开眼睛看了看他。

温承书擦了擦手,走过去把手机拿起来,将手机摄像头翻转换成后置,对着从鸟窝里爬出来的小白团子,拍给邢野看。

小鸟一步一摇地挪到了食盒前,困意明显大于食欲,眯着眼睛低头啄食,毛茸茸的身体晃来晃去。

"它的脑袋长得好像汤圆啊。"邢野突然笑了起来,"它吃东西的样子特别像我高中的时候上课打瞌睡,还要强行撑着脑袋,自我洗脑'我不困,我还能学'……"

温承书听着他的话想象了一下那个画面,轻轻笑了:"你高中的时候也留了这么长的头发吗?"

"是啊,留了很多年。"邢野抓起一缕长发,放在手里把玩着,"从小就开始留了。"

"那你小时候不会……"温承书的话没说完,觉得问这个可能不大礼貌,于是便没继续说下去。

"不会什么?"邢野眨着眼睛追问。

温承书摇摇头,笑笑:"没什么。"

"经常被当成女孩子吗?"邢野冲着摄像头笑了一下,眼尾弯弯的,"这个问题我被问了八百遍……当就当呗,我还能见人都脱裤子给人看啊?"

"……"温承书抬起头意味深长地看了看他。

邢野忙找补了一句:"不是,我的意思是,被当成女孩也没什么,这都什么年代了,性别还分什么高低贵贱吗?"

这话倒是在理,温承书收回目光,顺着他的话应了一声:"嗯。"

小白鸟毛茸茸的身体在食盒前像是一个圆滚滚的小白球,低头啄食的动作越来越慢,吃着吃着眼睛居然慢慢合了起来。温承书伸手用指尖轻轻戳了它两下,它艰难地将眼睛睁开了一条细缝瞅了瞅他,又慢悠悠地闭上了。

邢野乐了:"这是多困啊?吃着饭都能睡着。"

温承书也无奈地笑笑,他打开笼子,手伸进去轻轻拿起小鸟放回窝里:"太困了吧。"

他把笼子关好,摄像头还对准着鸟窝里睡着的小鸟。他看了一眼手机上的时间,已经十二点半了。

"你还不休息吗?"他看着视频里的邢野。

邢野却没有回答他的问题,而是反问:"你要休息了吗?"

"快了。"温承书说。

"啊。"邢野的声音里明显带着点低落,却还是善解人意地说道,"那你快休息吧,都这么晚了。"

"嗯。"温承书盯着屏幕里的人看了一会儿,想了想,突然开口问道,"你对做模特感兴趣吗?"

"模特?"邢野愣了愣,心想自己的台词怎么被他抢先说了,"什么模特?"

"W男装的秋冬新品模特。"温承书解释道,"我觉得很适合你。"

其实邢野会毫不犹豫地答应下来是在温承书的意料之内的,他也非常清楚邢野会答应的原因。

"但是可能需要参加一场面试,需要你拍两张照片试一下感觉。"温承书说。

邢野举着手机有些累,翻了个身趴在床上,把手机支在床头:"可以啊。"

邢野顺手从床头摸了个什么东西把头发绾了起来,有几缕不安分的发丝散落下来,窝在他细腻白皙的颈侧,他也没在意。

他微微偏头,用手托着下巴,追问:"但是我没做过,没问题吗?"

"没什么问题,只要配合拍一些照片。"温承书想了想,补充道,"可能会占用你不少时间,你可以好好考虑一下。"

"不用考虑了,我同意。"邢野笑了起来,"我什么时候过去?"

温承书看了一下日期,说:"就这周吧,如果你方便的话。"

邢野很快回答:"方便的。"

温承书抬起头对他说:"那我周末……"

没等他把话说完,邢野的眼睛便明显地亮了一下,声音轻快:"过来接我吗?这么远会不会有点麻烦……"

温承书的话被打断了,他停了停,接着说:"……让司机过去接你。"

"啊。"邢野微微睁大了眼睛,不知道是因为尴尬还是怎么,抬手轻轻蹭了蹭鼻子,还是笑着,"好啊。"

温承书看着他略微有些黯淡下来的眼神,顿了顿,开口道:"我周末有点事,如果结束后时间来得及的话,可以一起吃顿晚餐。"

邢野把下巴搭在枕头上,看着他,问:"那可以是我请你吃饭吗?"

"嗯?"温承书没想到他会提出这个要求,愣了一下,"为什么?"

"嗯……"邢野想了想,说,"因为你给我介绍了很棒的工作啊。"

"我只是负责引荐。"温承书轻轻说,"结果还是要由品牌负责人来决定。"

"我知道啊。"邢野微微蹙眉思索了一下,说,"那你就当是我对摔碎你手机的赔偿?"

"不必客气。"温承书说,"反正也已经用了很久,正好换新的。"

"哎呀。"邢野耍赖道,"那就当是你替我养鸟的谢礼,或者别的什么都行,上次在火锅店吃饭,让你花钱我就已经很过意不去了,你总要给我个还回去的机会吧?"

邢野顿了顿,抬起眼睛专注地看着他,放低声音:"况且……"

温承书心中一顿,蹙了蹙眉,神色淡淡地打断道:"好。"

"——我和宜年已经在关二爷眼皮子底下拜过把子了。"

邢野还是坚持着把这句话说完,企图靠这点八竿子打不着的"嫁接"亲情拉近两个人之间的距离——尽管这是在KTV里慷慨激昂的"滚滚长江东逝水"的歌声中拜的把子。

温承书:"……"

意识到温承书已经答应了后,邢野嘿嘿乐了两声,顺杆而上:"好的,哥,那我们周末见。"

第五章
模特

天空阴沉沉的，看样子又要下雨了。

邢野半眯着眼睛，懒洋洋地坐在阳台上正准备吞云吐雾，手里的烟被人从半路截了下来。他转过头扫了郝飞一眼，嗓音微哑："干吗？"

"忍两天吧，嗓子都那样了还抽。"郝飞顺手把从他手里拿下的烟丢了，又从旁边的晾衣架上拿下自己的枕套。

邢野习惯性地清了下嗓子，喉咙里却像含进了细小的沙砾，咳不出来也咽不下去，导致他本就沙哑的声音听上去更低沉了："没事，又不是忍两天就能好的，好不了还不活了吗？"

郝飞"啧"了一声，捏着枕套两个角在空中甩了甩："也是。"

邢野有慢性咽喉炎，这毛病说大不大说小不小，认真保暖倒还好说，但这人臭美得很，寒冬腊月里都恨不得只穿一条单裤到处跑，所以基本上一到换季咽炎就得犯上一回。每回犯了毛病，他轻则咳嗽上个十天半个月，重则一个月都得吊着半死不活的嗓子，吃药也不见好，只能随身揣着一盒清咽含片，实在难受得厉害了就往嘴里含一片。

"太阳打西边出来了？大礼拜六的，起这么早。"

郝飞前脚刚拿着枕套进屋，邢野后脚就跟了进来："那个……飞飞啊，你有没有遮瑕膏啊？"

"我哪来的那玩意儿。"郝飞爬上自己的床，居高临下地睨着他，"不过我抽屉里还有一罐白色丙烯，要么你凑合一下？"

邢野趴在郝飞床架边上看着他换枕套，皱着眉头："太白了吧？"

"你要是嫌色号太白了，就去隔壁找大刘要点红的黄的兑一下呗，调色这活儿还用人教吗？"

邢野抬手不轻不重地往他小腿上拍了一巴掌："我跟你说正经的呢。"

郝飞乐了："那你说什么太白了，我当你傻的呢。"

"我今天晚上要跟小可爱他哥吃饭。"邢野指了指自己脑门上还没消下去的青紫，"是不是有点难看？"

"哟，"郝飞一听就来劲儿了，踩着床架跳下来，"你那照片儿还挺神，要么我也让王雅他们帮我修两张？"

提起这个，邢野就忍不住又皱了皱眉："还真挺神。你说我要不要干脆去做个微整啊？照着照片儿把双眼皮儿割宽点，再垫个下巴什么的？"

郝飞小声抽了口气："别了吧，你看咱班那谁那双眼皮儿拉得也太难看了，而且看着还怪疼的。"

邢野长叹了口气："也是。而且现在去做也来不及了，算了……你说我额头这块儿怎么弄啊？"

"去楼下找王辰呗。"郝飞说，"他那儿肯定有遮瑕膏。"

[Wen]：起床了吗？

[Wen]：司机已经到楼下了，车牌号是沂A五个8。

邢野收到微信的时候，王辰正按着他的脑门给他修眉，嘴里碎碎念道："你这眉毛也太乱了吧，小野啊，不是我说你，你不能仗着自己脸蛋长得好就可着劲儿瞎整。咱们得好好保养自己，尤其是这个艺术圈，'卷'得不知道有多厉害，咱可不能被比下去了。"

邢野把手机举到眼前，盯着屏幕，脸上笑容荡漾，快速回复道："我这就下去。"

"哎呀，别动，着什么急。"王辰看着他这副德行，万分无奈地摇了摇头，"一会儿再把你的眉毛刮坏了。"

邢野点开对面回过来的语音消息，温承书大概是刚醒没多久，低沉微哑的声音里带着一丝慵懒："没关系,不用着急。"

邢野笑呵呵地举着手机回复："没事儿，我已经收拾好了。"

王辰收起贴在他眉峰上的刀片，推了他一把，嘴里催促道："行了，行了，去吧。"

邢野抬头冲他嘿嘿一笑，把手机揣进口袋里，站起身匆匆忙忙留下一句"我走了"，便一溜烟消失不见。

温承书派来的车很好找，主要是这个高调的车牌号一进学校就引起了一片轰动。邢野低着头躲开周围窥探的目光，快速走过去，钻进车里。

司机是个很热情的北方男人，等邢野坐好后，从副驾上拿出准备好的早餐递给他。他有些不好意思，对方对他笑了笑："温先生让我准备的。"

司机开车慢慢驶出校园，已经避开了上班的高峰期，路上不是太堵，车辆开出学校后，便一路朝着高速路口疾驶而去。

邢野想了想,还是给温承书发过去一条消息:"谢谢你的早餐。"

"哟,下雨了。"司机打开雨刷器,扫落车前挡风玻璃上细密的雨点。

邢野朝窗外看了一眼,天空中落下银丝细雨,雨雾让街景一片朦胧,非机动车道上不时闪过穿着各色雨衣的骑行人。

邢野的心情在这样的平静中变得愈发轻快。

手里握着的手机振动了一下,他低头去看,是温承书回过来的消息。

[Wen]:不用客气,不知道你喜欢吃什么,就让司机随便买了点。

邢野回复过去一句:我很喜欢。

等了一会儿,对面没再回消息过来。

邢野握着温热的豆浆,靠在后排柔软的座椅上,偏过头望着窗外。

雨越下越大,在窗上拍打出沉闷的声响,随后汇成一道道蜿蜒的水流,闪烁的霓虹也黯然失色。

放在桌上的手机响了一声,温承书拿起来看,是于琰发来的一条语音消息。

看来于琰对邢野很是满意,连声音都比平时轻快了许多:"可以啊,老温,哪捡来的小孩啊,真不错!"

温承书脑海里像是有根弦跟着这句话松动了些,却仍语气平平:"怎么说?"

"没什么可说的。"于琰笑,"我发个视频给你,你自己看。"

摄影棚那边有些偏僻,信号一直不太好,等温承书不疾不徐地把手里的文件看完,于琰的视频才发过来。

邢野身上穿着一件设计简单的休闲衬衫,面料像是棉麻,宽松的袖口下露出一截雪白细腻的手臂,纤细的手腕上系着一根黑色的细绳,长发简单地扎在脑后,露出光洁白皙的后颈。

他将手插进口袋里,微微扬着下巴,神色冷峻地睨着面前的相机,十分配合地跟着摄影师的节奏,在明亮的灯光与不停响动的快门声中,自然大方地变换姿势和动作。

视频不长,只有二十多秒,快结束的时候不知谁说了句什么,邢野挺得笔直的腰背自然地松垮下来,那张冷清的脸上突然扬起一个笑容,微微弯起的眼睛映着细碎的光。

画面定格在邢野笑着的脸上,他在镜头前游刃有余的样子让温承书有些意外。

于是他给于琰回复了一条同样的评价:不错。

"OK,收工啦,今天辛苦了。"

邢野换好了衣服从更衣室出来,于琰走上来递给他一瓶水,眉眼中含着温和的笑意:"不错啊,小朋友,之前拍过吗?看你挺熟练的样子。"

"谢谢琰哥。"邢野挺客气地从他手里接过水,老老实实地回答道,"之前总被服装设计学院的哥们儿叫去当衣服架子，也试着拍过几回，但这么正式的还是第一次。"

"哟，那说明你有天赋啊，不考虑一下入这行？"于琰笑。

邢野有点不好意思，正好口袋里的手机响了一声，于琰冲他扬了扬下巴，示意他先忙。

邢野抱歉地冲于琰笑笑，掏出手机，看到屏幕上弹出一条消息。

[Wen]：结束了吗？

邢野捧着手机快速回复道：刚结束！

[Wen]：车已经在门口了。

邢野回道：好，我马上就出来。

于琰顺着他的目光朝大门口望了一眼，看到门口停着那辆熟悉的车，眉梢一挑，明知故问道："有约？"

邢野抬头冲他眨了眨眼睛。

于琰若无其事地耸肩："本想结束后邀请你吃个晚饭，聊一聊合同和薪资方面的事情，你要是有约的话……"

"没事，我不要钱。"邢野很快接道，于琰愣了一下，见他抬着手朝门外指了指，表情有些急切，"那，琰哥，我就先……"

于琰摇着头笑了，冲他挥挥手："去吧，去吧，回头我找温承书聊也行。"

邢野还没分出心思琢磨他这话是什么意思，已经一溜烟地蹿了出去。

快到门口的时候他停下了步子，稍稍清了清嗓子，照了下门边的镜子,整理了一下头发,从口袋里掏出一颗润喉糖剥开放进嘴里,这才走出去。

雨下得有点大,夜风裹着淅淅沥沥的雨丝吹过来,雨点在邢野米白色的外套上洇出几个水点。他抬手把刚刚又被吹乱的头发捋到脑后,裹紧了外套,抬起头左右张望了一下。

正门口停着的黑色宝马短促地鸣了声喇叭。

邢野愣住,下意识地往后退了一步。他站在房檐下探着脑袋朝朦胧的雨幕里张望了半天,却还是没能找到那个高调的"五个8"车牌。正犹豫着要不要给温承书发个微信问一问,停在他旁边的宝马后车门突然被人推开了。

从车里伸出一把黑色的雨伞,在车外撑开。西装革履的男人头发一丝不乱,高挺的鼻梁上架着一副带着禁欲气息的细金丝边眼镜,被没有丝毫褶皱的西裤包裹的长腿从车里伸出时,却被飘洒的雨滴打湿。

温承书蹙了蹙眉,抬眼看过来,冰冷的目光才微微柔和了些许。

他撑着伞走过来,在邢野面前站定。

邢野有些意外:"你怎么过来了,我还以为是司机……"

"接你。"温承书笑着说,"不是要请我吃饭吗?"

车上很安静,除了最开始司机向邢野问了一下饭店的位置,车上就再也没有人说过话。

车内的空间并不狭窄,邢野和温承书中间再塞一个成年人也绰绰有余，邢野却仍然感觉局促，手和脚都不知该怎么摆，索性从上了车就没再变过姿势。

邢野微微往后靠了点，抬手撑着下巴，偏头望着窗外，看着雨水从车窗上滑下来，将窗外霓虹闪烁的街景模糊成朦胧的光影。

温承书的身影不时地映在车窗上，窗外投射进来的幻彩光影勾勒出他优越的脸部线条，冰冷的镜片也被镀上了一层冷蓝色的光。

他直视着前方，薄唇轻抿成一道没有波动的线条，下颌线清晰而硬朗，光洁的下巴上找不到一点胡楂。

邢野正出神地望着车窗外的景色，目光蓦地在车窗上与温承书对上，顿时有些慌张。

他佯装自然地侧过身去，双手扒在车窗上，嘴里干巴巴地憋出一句："雨真大啊，哈哈。"

温承书温声提醒道："玻璃上凉。"

邢野把自己的额头抵在冰凉的车窗上降温："没事，那什么，我有点热，凉快一下……"

他说话时摇了摇脑袋，皮肤摩擦玻璃时发出"咯吱咯吱"的声响，这点细微的声音在过分安静的车内格外清晰，邢野猛地把头抬了起来。

温承书用尽全力才憋住没有笑出声来，前排的司机就没有那么好的修养了。

"脑门没蹭破皮儿啊？"司机一边笑一边从后视镜里看

了一眼邢野，顿时一愣，"哟，你这脑门还真青了一块儿，没事儿吧？"

温承书闻言扭头看向邢野，轻声问道："我看看？"

邢野也是一愣，下意识拿出手机照了一下，顿时抬手捂住脑门——遮瑕膏被蹭掉了！

温承书看了看他手捂着的地方，顿了顿，说："我还以为你额头上的伤好了。"

"……快了。"邢野闷闷地说，"很难看吧？"

"没有。"温承书的语气平平，却不会让人觉得敷衍，反而让邢野从中听出点真诚的意味来。

邢野将信将疑地把手放下来，看着他："真的吗？"

温承书轻轻笑了一下，点点头："真的。"

"……哦。"邢野不自然地撩了下头发，抬起头冲前面的司机说，"师傅，放广播吧，这也不知道要堵到什么时候，干等着多没劲儿啊。"

温承书大概是没有听广播的习惯，司机愣了一下，从后视镜里看着温承书，看到他点头后，这才打开了广播。

车里有了点声音，邢野总算微微放松下来，将后背靠进柔软的座椅里。

近一个小时后，车平稳地停在云缱餐厅楼下。

邢野前一天晚上特意在网上查了沂市的旅游攻略，据说云缱是沂市最出名也最高档的网红餐厅。餐厅位于沂江边上那栋号称国内第一高楼的顶层，直插云霄，若是天气好的话，靠窗的位置甚至能感受到洁白的云朵在身侧流动，故名——云缱。

搭乘观光电梯缓缓上升时，邢野盯着下着雨的夜空还在心里惋惜，看来今天看不到漫天繁星了。

邢野已经查过这里的人均消费，在一万两千元左右，尽管这点钱在温承书眼里可能根本算不上什么，但既然说了要请客就不能给对方埋单的机会。

邢野从兜里摸出自己的银行卡，一把拍在前台，豪气干云地对前台妆容精致、笑容得体的女孩说："先刷十万，给我开瓶你们这儿最好的红酒。"

女孩的笑容明显僵了僵。

邢野见她不动，双肘搭在大理石面的吧台上，身子往前凑了凑，压低了声音催促道："我知道这不合规矩，我会努力凑够十万块的，姐姐刷吧，要是最后有剩就当是给你的小费。"

"可是，这……"女孩抬起头犹豫地朝温承书看了一眼。

"实不相瞒，姐姐。"邢野轻轻皱了下眉头，伸出手指点了点自己的卡，凑过来小声跟她说，"我今天头一次跟我朋友出来吃饭，我怕他跟我抢着埋单，毕竟是我有求于人家嘛，让他花钱多不好，你说是吧……"

女孩的表情顿时更僵了。她抬头小心翼翼地往温承书那里看了一眼，这才拿起卡刷了十万块。

"谢谢漂亮姐姐。"

邢野笑着跟女孩卖乖,把卡收回来揣进兜里。

"先生这边请。"

他点点头,跟着旁边指引的服务生往餐桌走去。

女孩这才为难地看着温承书,犹豫着道:"温总,这也不够啊……"

温承书从不远处顾长高挑的背影上收回了目光,摇了摇头,眸里染着淡淡的笑意,对她说:"开吧。"

邢野坐下才发现,雨中的空中餐厅居然别有一番风味。

滂沱大雨落在全透明穹顶上,如同一匹丝滑的绸缎流泻下来,将整个餐厅笼罩在童话般奇妙的幻境中。

餐厅中央,金发碧眼的男人优雅地弹奏着柔和的钢琴曲,空气中弥漫着淡淡的玫瑰花香,暖色的光线铺洒在白色长绒毛的柔软沙发上,服务生温柔有礼地将菜品摆放在桌上,动作轻得像是怕惊扰到别人。

温承书不常来云缱,自从开了这家店以后这里一直是由专人打理,温宜年倒是偶尔会带朋友过来尝一下新菜品。

这两年云缱突然在网上被炒成了网红打卡地,温承书也难得地收获了一把营销红利,因此却也更不愿意来这种被大众打上"年轻化""网红"标签的地方。

对面的小朋友拿着勺子偷偷吃甜品的样子,让温承书回想起带六岁的温宜年出门吃饭时,温宜年趁他不注意偷偷跑去找前台的姐姐要免费冰激凌的模样。

邢野又一次将蛋糕里的巧克力流心送进嘴里时，温承书忍不住开口，语速不急不缓地提醒道："空腹时吃甜品会导致糖分吸收的速度加快，易引发慢性病。"

被抓了个现行的邢野抬头悄悄瞄了他一眼，默默放下勺子，笨拙地使用刀叉将面前餐盘里的鹅肝分成手指粗细的几块，插起来像吃香肠似的塞进嘴里咀嚼。

同时，他还在心里默默吐槽：这东西还不如学校食堂两块钱一份的炒香干好吃。

温承书抬眸看了看他不太自然的表情："不喜欢？"

"没有啊。"邢野忙抬起头，挤出一个笑脸，"喜欢啊，入口即化，纵享丝滑。喜欢极了！"

只不过味道和口感比起学生路的麻辣烫还是差点。

邢野用意念揉了揉自己的胃：委屈你了，我的胃。

"听于琰说你今天的表现不错。"温承书优雅地将餐盘里的食物切分成小块，同他闲聊。

"是吗？"邢野抬起头看他，停顿了一下，试探着开口，"群里有人拍了视频，你想看看吗？我可以发给你。"

"于琰已经发给我看了。"温承书笑笑道，"拍得很好。"

"你看到了啊？"邢野笑得更好看了，"其实我来的时候还挺没自信的，换了衣服过去拍摄才发现其实也没有什么，而且大家都蛮友善的。"

温承书这次是真的有些意外了，眉梢微微挑了一下。

邢野很快读懂了他表情里的含义，笑着解释道："我其实真的是个挺没自信的人，很多事情在做之前都会先打几次退堂鼓，再看能不能给自己找出一个非做不可的理由。"

"如果找不到呢？"温承书问。

邢野理所当然地说："那就放弃啊。生活又不是每时每刻都在挑战不可能，有时候待在自己的舒适圈里也是一种快乐。"

温承书笑了笑，拿起红酒杯轻轻摇晃了两下，送到嘴边抿了一小口。

灯光投在红酒杯上，折射出一片耀眼的碎光，邢野好奇道："红酒为什么要边摇边喝啊？看起来会更帅一点吗？"

"醒酒。"温承书将红酒杯放回杯垫上，慢条斯理地回答，"适量的氧气可以帮助红酒散发香气，并且使口感变得更加柔和。"

邢野手肘搭在桌上，微微偏着头："你懂得好多啊。"顿了顿，又补了一句，"太厉害了吧。"

温承书轻轻摇头，难得开了句半真半假的玩笑："生活所迫。"

邢野配合地笑了，停顿了一下，若无其事地开口："你为什么不问我非做不可的理由？"

温承书装傻的本领显然比邢野更胜一筹，他也若无其事地问："嗯？什么？"

"我为什么来面试。"邢野贴心地提醒道。

"你很合适。"温承书从善如流地接下去,"也很适合。"

邢野没有说话,他拿起面前的红酒杯,学着刚才温承书的样子慢慢地摇晃了两下,将酒杯递到嘴边抿了一口——除了甜和辣没有品出别的味道。

发炎的喉咙被辛辣中带着一丝微甜的酒液刺激得隐隐作痛,他放下酒杯,抬手掩在嘴前轻轻咳了两声。

温承书倒了一杯常温的柠檬水递给他。

邢野接过来,却没喝,用双手将玻璃杯捧在手心里。他向侧面抬了下下巴,让窝在颈侧的一缕发丝滑到胸前,漆黑如墨的发丝衬得他皮肤格外白皙。

温承书将手边的纸巾递过去:"还好吗?"

邢野接过掩在嘴前,眼睛却直直地看向他:"其实……"

"嗯?"温承书抬眼看他,眼神和语气都平静得出奇,"你和温宜年已经拜把子了,这个你已经说过了。"

邢野被他装傻的回答逗得不合时宜地笑了出来。

轻细的笑声带出的气流让他的咽喉发痒,他喝了一口柠檬水,分成几小口咽下,润了润嗓子。

玻璃杯放在桌上时发出一声细微的轻响。

"哥,我有个事想请你帮忙。"

温承书抬了下眼睛,脸上流露出些许意外的神色。

他没开口,邢野也并不催促,静静地看着他慢条斯理地将餐盘里的食物放进嘴里,动作优雅自如。

餐桌上一时陷入寂静当中——邢野很想知道温承书究竟

是怎么做到吃东西时不发出一丁点声音的,分明他用刀叉的时候,金属与陶瓷碰撞在一起的声音根本无法避免。

悠扬柔和的旋律从钢琴师灵巧的手指间流泻而出,融入缓慢流动的空气中,轻缓地将二人包裹。

温承书拿起桌上准备好的浅灰色丝帕,擦拭了一下没有沾染上任何东西的嘴唇。

他放下丝帕,终于开了口:"你说吧,什么事?"

邢野沉默了片刻,然后一口气说了出来:"既然我已经当过你的模特了,那我也想拜托你当我的模特,绘画模特。"

温承书放松地将后背靠在椅背上,一只手搭在桌上,沉着开口:"再过两个礼拜,我就三十五周岁了,这年纪不适合当模特。我公司里有很多年轻模特,你看中哪个了,我可以让他过去帮忙。"

"不是这样!"邢野十分不当回事地耸了下肩,语气散漫,"谁规定的三十五岁就不能当模特了。"

见对面的温承书略微扬了下眉,邢野双肘搭在桌上,两条小臂交叠在一起,微微向前俯身,嘴角勾起一个坏坏的笑来,微扬的尾音像是带了把小钩子:"还是说,你只是想提醒我你的生日快到了?"

他这副带着点痞气的模样,总算和温承书心里对他的第一印象对上了——这些日子险些被他费心装乖的外表蒙蔽了,这小孩分明就是一只狡猾的小狐狸。

被当成"目标"的温承书显然也并不是什么温顺的小白兔,

他漫不经心地抬眸，对上对面十分狡黠的眼神，话音里带着几分认真："我的意思是，我比你年长不少，为什么非要让我去学校里陪你玩过家家的游戏呢？"

"哦，那我一定是忘了告诉你，你的手非常好看，我已经把你认定为我的天选绘画模特了。"邢野勾起一个乖巧的浅笑，说出的话却与他乖顺的外表截然相反，"我这个人虽然没什么自信心，但是耐心和毅力还是有的。所以只要是我选择的目标，那就一定不会放弃。"

温承书停顿了一下，也不拐弯抹角了，凝视着他，直言道："我并不适合当你的模特。"

邢野回答得很快："把不适合变成适合，对我来说不算什么难事。"

他笑起来，话语里似乎带着些安慰的意味："不过你放心，我尽量不给你带来太大的困扰。毕竟是我求你帮忙，时间上随你方便就好。"

温承书无言以对，沉默片刻。

一抹不大明显的狡黠从邢野含着笑意的眸中闪过，他有些轻快地套话："所以你拒绝给我当模特的原因还是年龄？没关系啦，又没比我大多少……"

"你多大了？"温承书抬了抬眸。

"呃，我二十二。"邢野默默给自己往上虚报了两岁，怕被拆穿，又很快转换话题，"哎呀，没比你小几岁，而且……而且我很成熟的，不会给你添麻烦的。"

"我并不是担心会添麻烦,你们在生活中应该会遇到许多比我更合适的模特。"

邢野突然抬起手,指着自己的虎口。

温承书的视线移向他指尖所点的地方,头顶水晶吊灯散发出的夺目光芒打在他白皙的皮肤上,映得虎口那颗几不可见的小痣微微发亮。

温承书不太能够确定他的意思,抬眸看向他的眼睛:"嗯?"

"这是我从派出所回来后的第三天文的。"邢野说,"是我人生中第一次见到天选模特的见证。"

温承书表面神色不动,内心却已经掀起了一片不大不小的波澜——这种冲动的方式倒是带着与邢野年龄相符的……不成熟,和乖巧听话的温宜年截然不同,邢野让温承书头一回感到有些无措。

他斟酌了一下语言,温暾地开口:"身体发肤,受之父母,我建议你今后还是……"

邢野却不等他说完话,抬手指向自己的额头,刻意地打断道:"这里是我加你微信那天磕的。"

温承书的目光不动,仍盯着他的眼眸,似是不解。

"我在床上迷迷糊糊地听到手机响了一声,一看是你,一激动起猛了,脑袋磕天花板上了……"

明明是有些狼狈的糗事,邢野的神情和语气都没有半分尴尬,嗓音微哑,神态认真。

"我一想到你能当我的模特就激动得不行,想起我能画出一幅完美的作品嘴角就咧得发酸,看了你的头像买了你用的钢笔,借口找你看鸟,其实也只是想看看你,想多观察一下你,研究一下如何把你完美地呈现在画布上。"

温承书被他突如其来的"艺术崇拜"打了个措手不及,稍顿片刻,眉头略微向上挑起,双唇自然轻抿,没有打算开口的意思。

邢野也不在意他回不回复。

一口气说了太多的话,发炎的嗓子有些不舒服,邢野捧起杯子喝了一大口柠檬水,突然想到什么,放下杯子,接着道:"我有慢性咽炎,休息不好或者着凉都有可能发作。昨天晚上我躺在床上翻来覆去半宿,今天一大早起床嗓子就成这样了。"

他挺直了背坐起来,把搭在肩上的头发撩到背后去,下巴微微扬起,睨着温承书的双眸里有微亮的眼波流动,语气自然。

"我说这些不是为了道德绑架——当然我知道你一定不是那种会为这些事情动摇的人。

"我现在是在诚恳地向你表达我对艺术的执着追求。"

等他说完了话,温承书从桌上拿起红酒杯递到唇边,优雅地抿了一口,抬起平静的眼眸,略沉下来的声音带着些冷淡:"在我看来,你和温宜年没有什么不同。"

温承书以为自己已经将态度表达得足够明显,对面的小孩却轻轻噘了下嘴,略微颔首,话里带着点不达目的不罢休的执拗:"这倒是,我和温宜年一样喜欢绘画。"

温承书轻不可察地蹙了下眉,手肘搭在扶手上,偏过头用手撑着额角,突然发觉自己在邢野面前接不上话的次数越来越多了。

邢野转过头往窗外张望了一下,发现雨势变小了些,雨水变成了细流,沿着光滑的玻璃蜿蜒而下。

"哥。"邢野望着窗外,面露愁容,"明天就要正式开拍了,是不是要很早去啊?"

"对。"

"那今晚可能要麻烦您收留我了。"邢野扭过头看着温承书,眼眸里蕴含着浓浓的笑意,"哎,好久没见小浑蛋了……也不知道它想我了没?"

"……"

天空中还在飘着零星小雨,车停在别墅门口。

邢野刚将车门推开一条窄缝,就有微凉的雨丝被风吹落在他脸上。他下意识地缩了下脖子,旁边的人温声对他道了句"稍等"。

温承书推开车门先行下了车,撑开伞,从车头绕过来,十分自然地帮邢野拉开了车门,将雨伞举到他头顶。

邢野抬起眸子看了一眼面前神色如常的男人,顿了顿,下车与他并肩走上门口的几级台阶。

温承书帮邢野拿拖鞋的时候,邢野悄悄往鞋柜里瞄了一眼——鞋柜最上层摆着一大一小两双男士拖鞋,下面几层摆着商务皮鞋与年轻款的球鞋,球鞋是温宜年常穿的牌子。

温承书给邢野安排住在一楼的客卧,邢野乖巧地点了点头,道了谢。

"洗漱用品在浴室的储物柜里。"

"好。"

温承书离开后,邢野扑到柔软的大床上,长长地出了一口气。

他其实并不像刚才表面看上去那么自如,毕竟是他人生中第一次在外人面前表达自己对艺术的狂热追求。

虽然这些话他在去餐厅的路上就在心里打好了草稿,也在心里演练了许多遍,但真的说出口还是挺紧张的——手指关节捏得都有些酸了。

他双手交叉活动了一会儿手指,这才掏出刚才振动了好几次的手机看了一下,是郝飞。

[飞飞]:战果如何?

[飞飞]:敌军是否已被我方拿下?

[飞飞]:这个点了还不回来,看来是我方要失败了?

[野生的小野]:神经。

邢野骂了他一句,很快又咧起嘴角,嘚瑟地继续回复。

[野生的小野]:不过……

[野生的小野]:我方已经成功攻入敌方地界。

［飞飞］：牛。

邢野撂下手机，躺在床上盯着天花板乐了一会儿。从床上爬起身的时候他隐约感觉有些头晕，不知道是不是红酒的后劲上来了。

不大的浴室里氤氲着朦胧的白雾，热气蒸得邢野脸颊发烫，本就不算清明的头脑也愈发昏沉起来。

直到发觉周身的氧气不大能够支撑自己顺畅呼吸时，他这才突然想起之前看网上说酒后不可以洗热水澡。

他忙草草冲洗掉身上的沐浴露泡沫，关了水，捞起置物架顶层的浴袍裹在身上。

没在浴室的储物柜中找到梳子和吹风机，他只好用手指慢慢将头发理顺，随便拿毛巾擦了擦。

打开浴室门的时候热气弥散开来，空气里的凉意缓缓在周身流动，他裹紧了浴袍，踩在脚下柔软的地毯上，他觉得自己的身体也轻飘飘的，如处云端。

房门被有节奏地敲响了三声，邢野走过去打开门，有些木讷地看着温承书，嗓音有些沙哑："哥，怎么了？"

温承书抬手将叠得整齐的衣服递过去："给你拿了一套睡衣。房间里没有吹风机吗？"

邢野接过来，小幅度地点了一下头："柜子里好像没有。"

"我去楼上拿。"

"不用麻烦了，哥，我……咳，"邢野的喉咙有些难受，他下意识地微微皱了下眉，抬手揪了揪喉结处的皮肤，才接着说，"我头发太长了，吹起来很麻烦，擦一擦就行。"

"还是吹一下吧，湿着头发睡对身体不好。"温承书正要往楼上走时，脚步顿了一下，目光扫过他白皙的脖子上被自己揪红的一小片痕迹，问，"你是慢性咽炎？"

邢野不明所以地低低"嗯"了一声，温承书没再说什么，转身上楼了。

温承书给他拿的睡衣是新的，吊牌还没拆，浅蓝色的睡衣上有星星图案的印花。邢野换上以后才发现，身前还印着一只憨态可掬的卡通小熊。

邢野换好衣服从房间里出来的时候，温承书正拿着吹风机从楼上下来。

"这是温宜年的睡衣吗？"邢野抬起头，笑着说，"好可爱啊。"

"回来的路上让秘书买的。"温承书从楼梯上走下来。邢野比他预估的还要高一点，衣服不算合身，袖子和裤脚都短了一小截，"似乎不大合适，抱歉。"

邢野有些意外地睁大眼睛看了他一眼，又低下头扯了扯身前的小熊图案，语气里带着明显的愉悦："没有啊，很合适。"

温承书无奈地笑笑，把手里的吹风机递给他。

"谢谢哥。"

"不用客气。"

温承书转身朝飘窗走过去，一边将衬衫的袖口挽上手臂，一边随口问他:"要来看看小鸟吗?"

"好啊!"邢野把吹风机放在门边的柜子上,跟了过去。

温承书俯身把鸟笼的小门打开,伸手小心翼翼地将小鸟拿出来,递给旁边的邢野,目光无意间扫过他右手虎口上的小痣,温承书暗自叹了口气。

邢野轻轻摸了摸小鸟的脑袋,语气轻柔:"好久不见呀,小浑蛋。"

一旁取出食盒的温承书闻言,笑了:"为什么叫它小浑蛋?"

"因为它啄了你的手啊。"

邢野盘腿坐在飘窗前的地毯上,将小鸟放在大理石台面上,有一下没一下地戳着小鸟胖乎乎的身体,有意无意地碎碎念道:"你说你是不是小浑蛋啊,人家好心暂时收养你,你就这样对待你的恩人。"

温承书眼底笑意微敛,眸子微垂轻睨了他一眼,不作回应,拿着食盒起身:"我去洗一下。"

邢野转过头对他浅浅地笑了一下:"好。"

看着温承书起身走向卫生间,邢野才转过头。

他的脑袋有些发蒙,其实两杯红酒还不至于喝醉,但是因为刚才洗了个热水澡,酒精随着加速流动的血液在身体里活跃起来,导致他现在的状态比回来时微醺的感觉还要再强烈一点。

他慢慢俯下身,让自己发热的脸颊贴着冰凉的大理石台面，企图让自己的脑袋再清醒一点。

身后响起了脚步声，但邢野懒得动。

温承书站在他身后，轻轻拍了拍他的肩膀，他哑着嗓子哼了声："嗯？"

"别趴在这里，台面凉。"温承书说。

邢野闷闷地应了一声"嗯"，却还懒洋洋地趴着没动。

旁边的人站了片刻，离开了，过了一会儿又走回来，轻声道："抬头。"

邢野乖顺地抬起头，任由温承书在他脑袋下垫上一个柔软的抱枕。

"别着凉了。"

"嗯。"

温承书抬手把留着一条缝通风的窗户关严了，在他身边坐下，同往常一样帮小鸟调配鸟食。

邢野的侧脸贴在柔软的抱枕上，偏着头，微眯着眼睛，目光专注地盯着温承书手上的动作。

温承书纤长的手指握着一把银色的小剪刀，他慢条斯理地将青菜叶子剪得细碎，放进饲料中，再添水向同一方向搅拌。

温承书微垂着眼眸，目光仍在自己手中的搅拌棒上，不疾不徐地开口："你好像对调配鸟食很感兴趣。"

邢野的目光微抬："其实是对你的手感兴趣。"

温承书侧眸，正好撞进邢野含着浓郁笑意的眸子里。

他目光轻敛，将食盒挂进鸟笼里，拿起手帕将手指细细擦拭。

"你的手真的很好看,是天生的艺术品。"

温承书对这种司空见惯的夸赞有些免疫,他伸手将邢野面前的小鸟拿起来,放进笼里的食盒前。

见温承书不语,邢野调整了一下姿势,双臂搭在抱枕上。

"啊,当然,人也很好。"邢野自顾自地笑起来,他趴在抱枕上,双眼微眯,"对了,既然我能被你选中当模特,说明你应该也并不算很讨厌我吧。哎呀,哥,你想想,这年头请一个服装模特还要花不少钱呢,我又不图你的钱,只是需要你也当一下我的模特,等价交换,多公平啊。"

邢野本想斟酌一下措辞,但脑袋实在乱成一团糨糊,张开嘴也不知道自己说了些什么乱七八糟的。但看到始终一言不发的温承书听到这里时眉头略微地蹙了起来,他就知道自己大概没说出什么好话来。

反正喝醉了,明天可以把一切事都赖在酒上。他自我安慰着。

他撑着面前的大理石台面直起身子,叫了声:"哥。"

邢野掩藏得太好,状态看上去也很自然。温承书一直到这会儿看到他脸颊上两团还没消退下去的红晕,总算察觉到了不对劲,声线平缓:"你喝醉了?"

"嗯。"邢野毫不避讳地承认了。

"我去帮你倒杯蜂蜜水。"温承书准备起身。

这时,门铃响了一声,温承书起身过去开门。

"温总，您要的药。内服的是治疗咽炎的，这瓶是涂伤处的。"

"辛苦了。"

温承书接过药，合上门，倒了杯蜂蜜水走过来。他把药和蜂蜜水放在邢野身边的飘窗台面上，转身朝楼上走去，声音平淡："早点休息吧。"

邢野盯着温承书的背影，扬声道："我说的话，你考虑一下吧。"

见温承书不答，邢野自知没趣，耸了耸肩，收回了目光。

温承书上到二楼时，还是回头看了一眼飘窗前的小孩。

邢野已经不像刚才那样坐着发呆了，正双手捧着玻璃杯，慢吞吞地喝水。

温承书转回头去，迈开步子朝卧室走去。

邢野看着温承书笔挺的背影消失在楼梯口，这才看向鸟笼里熟睡的小白团子。他不紧不慢地啜完了一杯温热的蜂蜜水，起身把杯子简单清洗了一下，回到房间里，脑袋沾上松软的枕头，还没来得及生出什么思绪，意识就被强烈的睡意吞没了。

借着微醺换来一夜好眠。

清晨，邢野洗漱完毕后从房间里出来，客厅小沙发上端坐着一位中年男人，闻声起身礼貌地向他道了声："邢先生早，我们可以出发了。"

邢野略微点头，应了一声，一边抬起眸子在偌大的房子里扫视了一圈，问他："温承书呢？"

"温总已经去公司了。"男人语气平和，带着他从别墅走出来。上车后男人从车载保温箱里拿出一个精美别致的饭盒递给他，"给您准备的早餐。"

邢野点头接过，有些不好意思地说："别'您'了，叔，叫我小野就行。"

男人有些局促地笑了一下，没说话，邢野也没为难他。

汽车发动，缓缓驶上街道时，男人像是突然想起什么，抬手打开广播。

正好赶上晨间广播整点播报，邢野这才意识到已经八点了，距离昨天与于琰约定好的拍摄时间已经晚了半个小时。

开车的男人似乎洞察了他的想法，抬眼从后视镜里对他笑笑，安慰道："温总交代过的，让邢先生睡个好觉，您不用担心。"

邢野难掩唇角笑意，只略微颔首，小声应道："嗯。"

[野生的小野]：哥，早上好。

[野生的小野]：谢谢为我准备早餐。

邢野捏着手机，一直等到下车，对方都没有回复消息。

大清早就这么忙吗？

邢野撇了撇嘴，没多想，把手机收了起来。

除了早上刚到时于琰看他的眼神有些微妙以外，整个上午的拍摄都进行得很顺利——主要是因为邢野十分配合,再加上前有小混血做对比,于琰对邢野也生出不少好感来。

由于邢野明天一早还要回学校上课,大家的工作效率都迫不得已地提高,一直到快下午一点,于琰才终于让大伙停下来喘了口气。

吃完午饭后,造型团队需要针对下午的拍摄开一个简单的会议,没有邢野什么事儿,他便把外套穿上,打算去摄影棚门口抽根烟。

下了一整夜的雨,天空仍是灰蒙蒙的,空气里裹挟着凉飕飕的寒意。

邢野蹲在房檐下不由自主地缩了缩脖子,从兜里掏出烟叼在嘴上,却半天没摸到打火机。

于琰偏过头觑了他一眼:"哟,小家伙,你还会抽烟呢?"

邢野转过头莫名其妙地看着他:"很奇怪吗?"

于琰笑着摇摇头,说:"没有,就是以为你应该是那种……嗯,很乖的类型。"

邢野有些啼笑皆非。

停了一会儿,于琰又按捺不住好奇心,扭过头问:"你是什么时候认识温承书的?怎么也没听他提起过?"

邢野一愣,更莫名其妙了,看着他:"啊?你问这个做什么?"

于琰被他呛了也不恼,笑着摆摆手:"你别误会,我的意思是，温承书从哪儿把你挖来的？我当他都已经不管服装公司的选角了，怪稀奇的。"

邢野微微蹙起眉头，没回答他的问题，而是声音稍稍沉下来些，问道："他之前负责挑选模特吗？"

"很久前有过吧。"于琰眯起眼睛想了一会儿，"挑过一个演员？还是歌手什么的……"

"对了，"于琰又说，"他挺看重你的，今天一大早还特地打电话交代我，说你可能要迟到一会儿。"

邢野眸色微沉，目光盯着面前地上一小块被踩得脏兮兮的口香糖，没说话。

"你刚刚工作的时候我拍了照片发给他，他还夸你镜头感和表现力都很好。"于琰有些散漫地说，"他很少这么夸奖别人。"

邢野听完这番话，却半点都高兴不起来，脸色绷得愈发难看："你刚刚给他发微信了？"

"嗯。"于琰扭头看着他，"咋啦？"

小孩双唇抿成一条线，垂着脑袋不知道在想什么，于琰用手臂轻轻碰了碰他："想什么呢？"

邢野这才抬起眼看他，皱着眉头嘟囔道："我发消息他怎么不回。"

一上午没有空出时间喝水，加上又吹了几口凉风，他的嗓音更哑了些。

于琰没有听清楚："嗯？"

邢野:"看来是躲我呢。"

于琰有些意外地看向他,沉默了片刻,拍了拍他的肩膀,意味深长地道了声:"估计他在忙吧。"

于琰起身离开后,邢野这才掏出手机看了一眼,早上给温承书发的消息还是没有回复。

邢野不死心,下午拍摄的间隙又给温承书发去了几句没有什么意义的问候,可一直到晚上拍摄结束,温承书也没回消息。

邢野坐在更衣室,看着手机里空荡荡的提示页面,心里多少有点气。

他不就是喝多了,多说了几句吗?至于吗。

但当他按住语音准备发作的时候,心里的气又没来由地撒不出了,停顿片刻,声音不由自主地软下来些,语气里夹杂了点故作可怜的沮丧:"哥,我回学校了。"

对面不出意外地仍然没有回应。

邢野换好了衣服出来,跟工作人员逐一打了招呼,离开摄影棚。

车已经在门口等着了,邢野迅速钻进车里,拉上车门,跟前排的司机打了声招呼:"麻烦了,叔。"

司机还是上午那个上了些年纪的男人,温和地笑笑:"不麻烦,直接回学校吗?"

邢野点点头,应了一声:"嗯。"

车快驶上高架的时候,握在掌心的手机轻轻振动了一下。邢野连忙打开来看,温承书回过来一条:明日拟好合同寄给你。

邢野说不用了,反正也没耽误自己多少时间,又说自己不需要报酬,如果温承书觉得过意不去,不如请他吃饭。

温承书却没再回复了。

邢野嘴里轻轻吐出一口气,有些失落的情绪沉在了心底。

他把手机塞进口袋里,偏头望着窗外高架上快速闪过的车灯出神。

温承书再一次垂眸扫了一眼桌上亮起的手机,眉头略微蹙起。办公室的门被轻轻叩响,他将手机锁屏扣在桌上,很快恢复了正常的神色,扬声道:"进。"

温承书的工作确实很忙,也的确有心晾他——邢野请他当模特的事,只要他不再理会,没准儿过段时间小孩就忘了。

第二天合同果然寄过来了,接到快递电话的时候邢野正百无聊赖地一个人泡在画室,帮邻居家的妹妹画一幅对方拜托了很久的动漫插画。

他去了校园快递点,向人借了支黑色水笔,看也没看便在合同尾页上签下名字,按照地址寄了回去。从快递点出来的时候,邢野给温承书发了条微信,告诉他合同已经签完字寄回去了,温承书这次回得很快:嗯。

邢野盯着这个冷冰冰的"嗯"字看了一会儿,手有些凉,鼻尖被冻得微微泛红。他把手机收起来,轻轻吸了下鼻子,裹紧外套埋着头快步朝画室走去。

一场雨让文阳的气温骤降,加速了寒秋到来的脚步。

邢野还盖着薄被,半夜被冻醒了一回,刚好看到枕边的手机亮起来。他眯着惺忪的睡眼,艰难地把胳膊从被子里伸出来,将手机捞到眼前看了一眼,看清发消息的人时顿时打起几分精神。

温承书给他发了一张图片。

邢野看着提示栏里的微信消息,想到可能是让温承书当模特的事情有着落了,心里隐隐兴奋起来,脸上露出了笑意。

他翻了个身趴在床上,将手机解锁,紧张又雀跃地在心里琢磨,温承书怎么会深更半夜发图片给他,该不会是——

手部特写吧……

邢野皱着眉头点开这张图,两根指头扒拉着放大看了半天,终于确定了,是小浑蛋的照片——小浑蛋正蜷在鸟窝里酣睡,尖尖的鸟喙藏在柔软洁白的羽毛下,只露出一颗汤圆般的小脑袋。

[野生的小野]:……

过了一会儿,对方回复过来。

[Wen]:不看鸟了?

邢野愤愤地在手机上敲字:别装,上次的事你到底考虑好了没啊?

一句话还没打完,邢野的理智一下回了笼,他沉沉地呼出一口气,心想:还是不要把温承书逼得太紧了。

于是,他把这句话删除,面无表情地回复道:不,是鸟太可爱了,可爱到我不知如何用语言表述,只能以……来概括。

点完发送,邢野立马丢下手机,钻回被窝里,阖眼蹙眉。

他只觉得更冷了。

第六章
暴发户

一周的时间过得说快不快，说慢不慢，中秋前一天晚上，邢野在宿舍跟他爸打电话。

"哎，二饼，我碰了！"邢立军斜眼看着面前的牌，嘴里叼着烟含糊不清地说，"儿子，你明天回家不？"

邢野屈起一条腿踩在椅子上，偏着头，挑起麻辣烫里的宽粉送进嘴里，鼻尖冒出一层细密的薄汗："回啊，大中秋的留你孤家寡人地赏月啊。"

"你要有事儿不回也行，那么大老远的，麻烦。"

"多远啊？我坐个公交算上等车时间都不超过四十分钟，你当我回家一趟得横跨大西洋吗。"邢野辣得直吸气，拿起旁边的冰镇可乐灌了两口，这才哑着嗓子接着说，"听您这意思，明儿有安排？"

邢立军那边呵呵笑了两声："不愧是我儿子，我明天约了老陈头晚上去城南垂钓场夜钓。"

"……有了老陈头忘了儿。"邢野抽了张纸擦了擦嘴，"那我也得回去。变天了，你儿子还盖着夏凉被呢，这一个礼拜没被冻死真算我命硬了。我得回去拿条被子，还有衣服什么的。"

邢立军那边打着牌，随口应和："行，那你爱回就回吧。"

"——和了！"

电话开的是免提，对面突然一嗓子号得后面吃饭的郝飞一激灵，郝飞抬起手竖了个大拇指，吃着东西口齿含糊地夸赞道："叔叔中气真足！"

"啧。"邢野不满地说,"什么叫我爱回就回吧,老邢,你这就有点过分了啊。"

邢立军拿起手机说:"你那嗓子又疼了啊?声儿听着跟牙齿缝漏风一样。明儿回来去上次那家中医馆再抓点中药吧,前年是不是喝了俩礼拜顶了大半年没犯毛病?"

"我不去,"邢野皱眉,"那味儿太恶心了,我一想起来就想吐。"

"良药苦口嘛。"

对面"哗啦啦"的洗牌声响起,不知道谁说了句什么,邢立军的声音听着挺高兴:"那是,文阳美术学院你们知道不,就那个谁,反正好几个特有名的画家就是文美出来的,我儿子以后也是要当艺术家的。"

邢野听着电话那头邢立军牌桌"尬吹",有点无奈,又觉得好笑。

在他小时候母亲病逝后,一直是由父亲一人将他抚养长大,虽说邢立军确确实实算不上一个完美的父亲,但邢野从他身上收获的爱绝对不比任何孩子少。

不论是他小时候任性地要求留长发,还是长大后毅然决然地选择考艺术院校,邢立军始终无条件地支持他的一切决定,并引以为傲。

他挺庆幸有这么一个爹的。

"你继续打吧,我挂了啊,老邢。"

"哎,多喝点水,明天回来之前给我打电话,我上车站接你去。"

"……公交站牌离咱家还不到一百米。你早点回家,别在牌室通宵啊。"

"哎,哎,好嘞。"

温承书披着浴袍从浴室出来,一边擦头发,一边习惯性地拿起手机,查看今天邢野发来的消息。

其实他一开始并没有将邢野拜托他当模特这事放在心上,除了每天发一张小鸟照片外,并不与邢野闲聊。他本以为冷处理两天邢野很快就会放弃,却不料邢野竟仍雷打不动地每天向他问好,甚至比以前还多了分享日常这一项,也不管他回不回复,反正一个人自言自语,看上去也颇有兴致,使得他一度有些怀疑小孩是不是把他的微信当树洞了。

下午 4:06。

[野生的小野]:今天去阶梯教室上课,邻桌的姑娘塞给我一块月饼,啧,竟然是五仁的。

[野生的小野]:看到青红丝,瞬间胃口全无。

[野生的小野]:你喜欢吃什么馅的月饼?我估计你没什么特别喜欢的。

[野生的小野]:我们学校这边有一家鲜肉月饼店,味道真的超绝!

下午 6:27。

[野生的小野]:本想拍个照馋你一下,结果这家竟然要

排这么长的队！恭喜你看不到了，我溜了。

［野生的小野］：等下回人少了我再来。

晚上7:58。

［野生的小野］：刚刚在宿舍楼下看到温宜年跟一个妹子拉拉扯扯。

［野生的小野］：我这么打小报告没问题吧？嘘，不要告诉他是我说的！

晚上8:42。

邢野分享了一个微博视频，标题是"四大洗脑叫卖声"。

［野生的小野］：哈哈哈……我笑疯了。

然后，他又发了一条语音消息。

温承书点开语音，邢野故意捏着嗓子的声音从手机里传出来："哥哥，我想吃烤山药，吃大块的，两块够吗？够了，谢谢哥哥，哥哥真好——噗哈哈哈……"

他滑稽的模仿以及自己破了功的狂笑惹得温承书忍俊不禁。温承书一边单手滑动着屏幕往下翻看邢野实时汇报自己的动向，一边慢条斯理地擦着头发。

他唇角笑意渐浓——这小孩是挺有趣的。

邢野从小就住在小柳巷。

准确来说是从他父亲的父亲开始，他们家就一直住在小柳巷。

其实小柳巷原来叫大柳巷，只不过后来因为城市规划的问题，巷子前部拆了大半截儿，于是后半截儿就从原来的大柳巷变成了如今的小柳巷。

后来，被拆掉的地方盖起了新的楼盘，一部分被用作拆迁安置房——于是，邢野他们家的所在地也自然而然地从原来的半条巷子变成了现在的半个小区。

每当想到这一点，邢野和邢立军就忍不住要去给列祖列宗多上炷香，感谢老一辈"少生孩子多盖房"的深谋远虑，如今才能让邢家这一大一小两代独苗苗当上了"拆二代""拆三代"。

邢野小的时候还挺羡慕别人住楼房的，邢立军却说什么都不肯搬，非要守着小柳巷剩下的旧房子。最后，邢立军实在经不住邢野软磨硬泡，索性在小柳巷里盖了栋五层小洋楼让邢野过瘾。

要不怎么说邢立军这人不靠谱呢，盖楼前也不做做规划。

一栋气派的电梯小洋楼好不容易落成，门口立着两根金漆盘龙罗马柱，楼外头是宽敞漂亮的欧式大花园，花园里种的是丝瓜、萝卜、西红柿，池塘里养的是鲫鱼、鲤鱼、白鲢鱼，中西结合，经济实用，土洋兼有。

出了大门口，左边是卖油条、煎包、豆腐脑的早点铺，右边是卖花生、瓜子的炒货店，一栋独楼在中间"闪闪发光"——生怕别人看不出这家是个暴发户。

邢野小学三年级的时候就将QQ昵称改成了"我是暴发户"。父子二人一度以败光家业为己任，奈何年仅九岁的邢野除了请同学吃个零食、充个Q币也没什么地方花得上钱。邢立军也是如此,除了打打小牌、喝喝小酒也没什么别的爱好。于是,父子二人认命放弃,邢野还含泪把QQ昵称改回了"少爷跩"。

吃完了中午饭,邢野就被轰出了家门。

出门前邢立军边收拾桌子边再三催促他:"赶紧去,趁着今天中秋节人都在家,给他们来个瓮中捉鳖!"

邢野出了电梯,一出门就又看到了正对着大门口立着的大卫雕像——这座雕像是两年前邢立军为了庆祝他考上文美特意买的,就摆在花园中间。

只不过高大健美的大卫此刻腰间围着一条大红牡丹床单,刚好遮挡住他雕刻精美的特殊部位。

邢野盯着这座与菜园子相映成趣的雕像乐了好一会儿,掏出手机拍了张照片发给温承书。

邢立军交代他过去收租的几户,邢野已经熟得闭着眼都能摸到地了。

这几家都是租了不少年房子的老租户,其中有些人明明手头也不是多紧,但每季的房租都要拖个十天半月的才交,实在烦人。

邢野敲门前先揉了把脸,这才扯出一个看似温和的笑容。

"哎,小野啊……"前来开门的男人看着他,脸上挂着有点尴尬的笑意,"吃饭了吗?"

"中秋快乐啊,刘叔。我吃过了。"邢野笑着说,"我爸说前两天给您发微信一直没等到回复,今天趁着中秋让我过来看看您。您最近身体怎么样啊?"

男人在心里啐了一声,嘴上还得说着好话:"挺好,挺好。你爸给我发微信了?哎,我这手机最近老不响,也不知道咋回事……你爸找我干吗啊?"

邢野抬手蹭了蹭鼻尖:"您看这不是都九月底了吗?这个季度的房租您是不是给忘了?"

男人一拍脑门,哈哈两声:"还真是!哎,怎么还专门跑一趟呢?打个电话的事儿。我这就进去给你拿啊。小野,你先进来坐会儿。"

"不用了,我就在这儿等吧。"邢野冲男人的背影翻了个白眼,扬声道,"您那手机不是不响吗?"

大概是过节的缘故,今天收租很是顺利,没像之前那样挨家挨户磨破嘴皮子。

只有巷南群租房里那位独自带孩子的单亲妈妈的房租没收到,邢野看她实在困难,加上她也再三保证下个月一定补上,邢野也没好意思多说什么,顺手把上一户塞给他的月饼送给了小朋友。

从群租房里出来,邢野往嘴里塞了颗润喉糖,揣着两兜现金往家走。

口袋里的手机一直嗡嗡嗡振动个不停,他这才终于有空掏出来看,群里正聊得热火朝天。他往上翻了两页,大致看了看,都是些琐碎的闲聊。

［李苗苗］：今天怎么不见小野呢？

［李苗苗］：咋的，出去玩两天，就不要朋友了？

［李苗苗］：邢野出来挨打。

［郝飞］：他回家过节了，留我一个人在宿舍孤苦伶仃。

［郝飞］：孤单，寂寞，冷。

［邢野］：忙成陀螺。

［郝飞］：大过节的忙啥呢？

［邢野］：收租。

［郝飞］：哇。

［王辰］：真该死啊！

［李苗苗］：……可恶的有钱人。

［李苗苗］：小可爱呢？今天怎么也不出来？

［李苗苗］：温宜年，出来聊天。

［邢野］：为什么我总是挨打？

［温宜年］：你们好热闹啊。

［李苗苗］：哈哈哈，大过节的可不得热闹一点。

温宜年发了一张图片。

邢野点开温宜年发来的照片，长方形餐桌上是丰盛的各种菜品。

他在心里感叹了一句：哇哦。

正要关掉图片回复一句"好丰盛"，目光却突然扫到照片上方露出的半只手，以及的一半手机屏幕。邢野的手指在屏幕上方停顿了一下，随后两根手指拖动着屏幕将照片放大，还没等他看清屏幕里是什么,先认出了那条扎眼的大红牡丹床单……

［郝飞］:你家这是吃的满汉全席吧?

［王辰］:炫富,举报了。

［郝飞］:你们家这是来了多少亲戚?未免过于奢华。

［李苗苗］:……可恶的有钱人。

［温宜年］:只有我和我哥。

［郝飞］:???

［王辰］:???

［李苗苗］:……可恶的有钱人。

［温宜年］:我爸妈很早就不在了。

［温宜年］:所以家里只有我和我哥。

温宜年这两句话一发出来,群里顿时安静了下来,一时都不知该怎么回。温宜年大概是察觉到了尴尬,很快把前一句撤回了。

邢野犹豫了片刻,手指在屏幕上快速敲击。

［邢野］:那欢迎我去你家做客吗?

［李苗苗］:啊,我也要去,我也要去!

［郝飞］:举手!带我一个!!!

［王辰］:还有我。

见温承书换好了衣服下楼,温宜年放下怀里的抱枕,从沙发上起身,看着他:"哥,不是说今天不去公司吗?"

"临时有个重要会议要开。"温承书将袖口的扣子系好,抬眼看着他。

温宜年略微有些局促,一副有话想说又不敢开口的样子。

"怎么了?"温承书问。

"今天不是过节吗……"温宜年抬起眼睛,小心翼翼地打量着他,"我想邀请朋友来家里玩,可以吗?"

"可以。"温承书说,"但是不能喝酒。"

温宜年立刻点头答应下来:"好。"

温承书走到鞋柜前弯腰换鞋,余光瞥见还站在旁边的温宜年,直起身看着他:"还有什么事?"

温宜年抿了抿嘴,又问:"那可以让他们在我们家留宿吗?"

温承书心想,也不知他是从哪儿学来的得寸进尺,无奈地点头,说:"可以。"

"谢谢哥!"温宜年很快笑了,语气也轻快起来,"路上注意安全。"

像是迫不及待地要赶他出门。

温承书无奈又好笑,正要出门,突然想到邢野之前给他发来的微信,说在宿舍楼下看到温宜年和一个妹子拉拉扯扯。

他一边按动门把手,一边漫不经心地试探着问道:"是女孩子吗?"

温宜年的脸腾地一下红了起来,磕磕绊绊地说:"有……有男有女,好几个人呢……"

温承书转过头扫了他一眼,温宜年有些心虚地垂了下眼睛,避开温承书的目光。

"注意安全,我走了。"

直到温承书关上门离开很久,温宜年才突然反应过来他那句"注意安全"里隐晦的含义,一下从脸颊烧到耳根。

什么啊。

与海外分公司的越洋视频会议一直开到了夜里。

会议结束后,集团高层一一离去,温承书摘下眼镜,靠在会议室的软椅上休息了片刻。

门被轻轻敲响,女秘书推开门走进来,说:"温总,南风集团的黄总还在会客厅等您。"

温承书直起身,略微皱眉:"他还没走?"

"……是的。从下午一直等到了现在,说今天一定要见您一面。"

"知道了。"温承书倚在靠背上,抬手捏了捏自己的鼻梁,嗓音有些疲惫,"帮我在梨春苑订个位置,让老陈五分钟后到公司楼下等我。"

"好的。"

与此同时,家里的温宜年显然早就把他出门前交代的话抛到了脑后。

茶几和地板上许多空了的易拉罐东倒西歪,没吃完的烧烤外卖还堆在餐桌上。

酒量最差的王辰早早地倒在沙发上睡了,李苗苗披着一条毛毯盘腿坐在飘窗前玩鸟。温宜年的脸红扑扑的,漆黑的眼睛也被酒意染得湿漉漉的,他拿了杯水递给李苗苗,在她身边坐下,趴在飘窗前,像只温顺的小奶狗。

墙上巨大的曲屏电视机泛着莹莹的光,耳边是震耳欲聋的游戏音效,郝飞盘腿坐在茶几前的地毯上,硬生生地把手柄游戏玩成了体感游戏。

邢野手肘抵在茶几上,偏头撑着脑袋,盯着屏幕里的游戏画面出神。

旁边的郝飞由于身体摆动幅度太大,后腰一不留神撞在茶几边沿上,伴随着一声惨烈的号叫,屏幕上出现两个显眼的红色单词:GAME OVER(游戏结束)。

这一声没能惊扰到邢野,倒是把沙发上的王辰震得一个激灵,一翻身倏地从沙发上栽了下来,动静不小,甚至把趴在飘窗前快睡着的温宜年吓了一跳。

王辰迷迷瞪瞪地从地上坐起来,揉了揉脑袋:"……地震了?"

"没有,该睡觉了。"李苗苗扭过头对他说,又抬手在旁边睁着两只眼睛发晕的温宜年头上揉了一把,"你也睡觉去吧。"

温宜年的脸更红了,他摇了摇头,小声说:"不困。"

"快去睡吧,眼睛都直了。"李苗苗笑着起身,找了个垃圾袋将空易拉罐收拾起来,用脚尖轻轻踢了踢还坐在地上没反应过来的王辰,"废物弟弟们,散了,散了。"

郝飞打了个哈欠,懒洋洋地站了起来,揉了揉后腰:"我们睡哪儿啊,小可爱?"

大门突然被敲响了,撑着脑袋发呆的邢野倏地转过头,眼睛微微亮了起来。

李苗苗也朝门口看了一眼,奇怪道:"这么晚了,谁呀?"

温宜年起身走过去开门:"……应该是保洁阿姨,我刚刚叫的。"

邢野看着从门口走进来的保洁阿姨,心里升起的希望落了空,眼眸里的光也跟着黯淡下来。

他没忍住,逮着空小声问温宜年:"中秋节,你哥也不回家啊?"

温宜年皱了下鼻子:"他本来说是今天在家的,但是下午突然说要去公司开会,就走了……"

邢野细微地蹙起了眉头:"我们过来之前?"

温宜年点头:"是啊,中午吃了饭他才走的。"

邢野的心微微一沉,抬头扫了一眼时间,十二点十分……什么会能开到现在。

保洁阿姨在客厅打扫卫生,温宜年带着他们去客房,有点犯难:"不过我家只有三间客房……"

"嗐,多大点事儿啊。"郝飞抬起胳膊搭上邢野的肩膀,冲他扬了扬眉,"我俩挤一下得了呗?"

邢野神色怏怏，扯开他的胳膊，走进房间扑在床上，把脸埋进被子里沉沉地叹了一口气。

"至于这么嫌弃我吗？"郝飞有点委屈地说。

凌晨，温承书才裹着一身寒意回来。

他将门关好，扯松了领带，抬手按了按隐隐作痛的胃部。

今晚的饭局目的性十分明确，从对方愿意在中秋节花上半天时间坐在会客厅里等他就不难看出来。一方面可以看出对方是拿出了十足的诚意，从另一方面来说，显然也做了不达目的不罢休的准备。

可惜温承书并没有合作意向，也不愿让对方难堪。

南风是一家新兴企业，在如此短的时间内已经在同类企业中做到了领头羊的位置。温承书欣赏对方做事的态度与魄力，却没有做试验品的想法——他的备选合作商中不乏比之更加稳妥的。

生意场上个个都是人精，一晚上的推杯换盏、你来我往，最后还是温承书主动做了个顺水人情，约定好将对方引荐给友商，事情总算是了了。

他的胃却先撑不住了。

创业那几年仗着自己年轻，工作起来不分昼夜，饮食与作息长期处于紊乱状态，久而久之落下了这么一个不大不小的毛病，平时注意着点倒也不常犯，今天大概是酒喝多了些，刺激到了肠胃。

他眉头紧蹙，弯腰换鞋，起身时头有点晕，一时没扶稳，脚下一个踉跄。黑暗里一双手扶上他的手臂，温承书借力站稳了，以为是温宜年，问："怎么还没睡？"

"等你。"一个微哑的声音低低地响起。

温承书听到邢野的声音先是一愣，很快反应过来——是温宜年说要在家里留宿的"朋友"。

等他站直了，邢野便放开了扶他的手。

温承书整理了一下表情，反手将灯打开，声音波澜不惊："等我做什么？"

骤然亮起的灯光晃得邢野眯了眯眼睛，抬起头直直地看着面前的温承书："他们都睡了，我怕你没带钥匙，没人给你开门。"

温承书迈开步子与他擦肩而过，邢野嗅到了他身上清冽的酒气与淡淡的烟草味。

"你怎么这么晚才回来？"邢野转过身快步跟上去，"……我晚上已经喂过它了。"

温承书只好停下往飘窗走去的脚步，转过身，垂下目光在邢野赤裸的脚上停顿了一下，说："怎么光着脚？"

经他这么一提醒，邢野这才低头往脚上看了一眼。刚才一听到外面的车响他就跑出来了，一着急，没顾得上穿鞋。

夜里的温度有点低，保洁阿姨走的时候留了一点窗户通风，丝丝凉意正往屋里渗。他身上单薄的睡衣早就被沁透了，挨冻的时间长了，人有些麻木，即使赤着脚踩在冰冷的大理石地板上，也没察觉有什么不适。

他抬起头看着温承书，继续问："你是在躲我吗？"

温承书蹙眉，说："去穿鞋。"

邢野不愿意走开，站在原地有些执拗地说："我有话想跟你说。"

温承书盯着他看了一会儿，暗自叹了口气，走过去把窗户关上，坐回沙发上："说吧。"

邢野在他身侧坐下，侧身面对着他，皱着眉头又问了一遍："你到底要不要当我的模特啊？"

温承书道："我并不合适。"

尽管得到的是意料之中的答案，邢野的心里却仍生出一股沉重的失落感。

他撇了撇嘴："我给你发的微信你都看到了，就是故意不回复我，觉得我年龄小，找模特也是三分钟热度，过去了就会把这事儿给忘了，对不对？"

这话音里带着气，温承书抬起眸子看了一眼，小孩瞪着他，眼圈都隐约红了起来，眼神里却还带着虚张声势的狠劲儿。

温承书停顿了一下，身体向后靠，倚在沙发靠背上合上眼，神色稍显疲惫，沉着声如实回答道："对。"

"我还就告诉你了，不成！"邢野抬高的声音里带着恶狠狠的意味，扯了一把温承书的胳膊，"我认准的目标一定要达到，我想完成的作品就一定要完成。就算你躲到天涯海角去，就算你一个礼拜、一个月、一年不理我，我还是认定你，要你做我的模特。"

温承书的胳膊由他拽着,睁开眼睛看着他,薄唇抿成一条直线。

邢野顶着这道有些冷漠的视线,咬咬牙,皱着眉头说:"我不就是喝醉乱说了几句吗?你至于躲我躲成这样吗?小心……小心我哪天要是真的气急了,把你绑到画室去!"

邢野知道自己这样说有点死缠烂打的意思了,他自知理亏,却又不肯失了气势,只好硬着头皮瞪着温承书。

温承书的脸色几不可察地变了变,终于开了口:"我会报警。"

邢野从小到大还是头一回受这种委屈,心里憋屈得很,哑口无言。他松开抓在温承书胳膊上的手,有些丧气地在旁边坐直了,只是肩膀略微塌了下来,像只瘪了的气球。

"……提交作品的日期就快到了。"邢野过了好半天才说,他垂着眼睛,声音压得很低,"我最近什么都画不出来,好不容易找到了方向……"

温承书没听清,目光往邢野脸上扫去:"什么?"

邢野低垂着眼睛,浓密的睫毛像一把乌黑的小扇子,在下眼睑投出一片浅浅的阴影:"我知道我的要求可能有点为难你,但我实在找不到别的办法了。"

邢野的睫毛轻微地颤了一下,声音很轻:"帮我一次吧,就这一次。"

温承书盯着他看了一会儿,本打算拒绝的话语在口腔里滚了一圈，鬼使神差地咽了回去。停了停，他有些疲惫地揉了揉眉心："这幅作品对你来说很重要吗？"

邢野在心中斟酌片刻，咬了咬下唇，说："是。"

温承书抬眼，有些意外地看着他。

邢野的眼神略微有些躲闪，他搭在扶手上的手指不安地抠着真皮沙发。

"对我来说很重要。"邢野脑袋微垂下来，盯着自己泛白的指尖，声音放得很轻，"要不然我也不会这样死皮赖脸地一直缠着你……"

温承书见他这副模样，有些于心不忍。

他摘下眼镜随手放在桌上，捏了捏鼻梁："你需要我做什么？"

"……啊！你答应了？"邢野抬起头，怔怔地看着他。

没有了冷冰冰的镜片遮挡，邢野这才发现他乌黑的眼睛像笼着一层雾气，目光深邃而幽谧。

温承书语气平淡，一如往常般波澜不惊："我很忙，可能分不出太多时间给你。"

"没关系！"邢野连忙道，"我最近课不多，你有空了随时喊我，我保证二十四小时随叫随到。"说罢，目光灼灼地盯着温承书，期盼着他能给出更明确的答复。

不远处传来"咔嗒"一声轻响，在静谧的凌晨显得格外突兀。

站在客房门口的郝飞顶着一头鸡窝似的头发，睡眼惺忪，手里拿着一只陶瓷杯,大概是半夜口渴出来喝水。他在门口站了一下,像是无所察觉,半眯着眼睛梦游似的走到饮水机前接了杯水,嘴里还一刻不停地念着什么。

温承书眉头微微蹙起,看着郝飞。

邢野也坐直了,皱眉盯着郝飞看。

客厅里只有饮水机出水时的细微声响。

郝飞将盛满水的杯子拿起,往房间走。

咚——

客房的门被他用力关上了。

客厅里的气氛却仿佛凝固了。

温承书的手肘抵在沙发扶手上,他偏过头用手撑着稍微有些眩晕的脑袋,按揉着自己的太阳穴:"行了,不早了,去休息吧。我有空了联系你。"

邢野陡然睁大了眼睛:"你的意思是,答应了?"

"嗯。"温承书站起身,迈开步子朝楼梯走去,"早点睡吧。"

"温……"他连忙起身,着急地开口想要叫住他,却被温承书头也不回地开口打断。

"晚安。"

邢野看着温承书上楼,在原地愣了一会儿,忽地笑起来,回房间的脚步都轻快了几分。

走到房门口,他伸手旋动门把手。

"咔嗒——"

邢野顿了顿，又握住门把手用力拧了两下。

"咔嗒咔嗒——"

看着面前纹丝不动的门，邢野顿时明白过来——这门是被人从里面反锁上了。

深更半夜怕打扰到别人休息，他只好轻轻敲了敲门，压低了声音叫道："飞飞，开门。"

回应他的只有一片寂静。

他仍坚持着在门口敲了一会儿，却无人理会他——郝飞似乎已经睡着了。

邢野倾身将前额抵在门上，彻底束手无策，目光朝一旁的沙发瞥过去，认命地叹了口气，看来只能在沙发上凑合一晚了。

邢野走上二楼，在主卧门口犹豫了很久，抬手轻轻敲门。等了一会儿，没人来开，他侧耳贴在门上听了听，里面安静极了，不知是因为房间隔音太好，还是屋里的人已经睡下了。他停了一会儿，又抬手敲了敲门，仍然没有人理会。

当他吐了口气，正打算放弃时，面前的门突然被人从里面拉开了。

温承书见到门外的邢野，云淡风轻的脸上闪过一丝惊诧："你……怎么了？"

"客房的门被反锁了，我只能睡沙发了。"邢野轻轻吸了下鼻子，鼻音很重，"你可以借给我一条毯子吗……晚上有点冷。"

温承书"嗯"了一声，转过身去柜子里拿了一条白色的兔毛绒毯，递给他。

邢野接过毯子抱在怀里，很乖地低声道了句："谢谢。"

房门合上时发出一声轻响。

房间里的温承书这才微微蹙起眉头，脸上渐渐褪去了血色，看起来明显有些不好受。

他回到浴室，双手撑在洗手池边缘，轻轻吐了口气，拧着眉等待胃里这阵突如其来的绞痛过去，这才拿起吹风机将头发吹干，换了套舒适的家居服，拿着水杯从房间里出来。

他站在二楼的扶手边朝下看了一眼。

邢野枕着抱枕，裹着奶白色的绒毯蜷缩在沙发上，似乎已经睡着了，不知是怕黑还是怎么，在沙发边留了一盏暖黄色的落地灯。光线被灯罩压得很暗，在他露出的半张侧脸上投下一片浅浅的阴影，半个下巴埋在柔软的毛毯下，像只无家可归的小奶猫。

温承书下楼，发现楼下的温度比他刚才上楼时要低一些。他抬眼往窗前看过去，窗户开了条缝，空气里残留着一丝淡得几乎闻不到的烟味。

他扭过头看向沙发上的小孩。

似乎是绒毛进了嘴里，他抿着嘴唇皱起眉头，细微地扬了一下脖子，露出光洁的下巴。

温承书目光稍敛,走到饮水机前接了杯水,慢慢喝着。

不知是饮水机的动静吵醒了沙发上的人,还是邢野本来就还没睡熟,他眯着惺忪的眼睛坐起来,裹了裹身上的毯子,将眼尾揉出一抹薄红:"你怎么下来了?"

"喝水。"

"麻烦帮我倒一杯。"

温承书抬眼看他,转过身,拿起一个透明的玻璃杯,接了杯温水走到他旁边。

邢野大概是睡迷糊了,直接凑过头去。

温承书的手顿了顿,还是把杯子朝他略微倾斜一些,等他不紧不慢地啜了几口以后,问:"还喝吗?"

邢野摇摇头,又轻轻吸了下鼻子,慢吞吞地说:"不喝了。"

温承书回到饮水机前,就着温水将胃药吃了。

药劲儿还没上来,胃里仍是一阵阵绞痛,翻江倒海般的恶心与烧灼感不断袭来。

"哥。"邢野突然开口叫他。

温承书的脸色有些苍白,手按在自己的胃部,调整了一下自己略微有些沉重的呼吸,不带任何情绪地"嗯"了一声。

"你不舒服吗?"

"嗯。"反正脸色是真的不太好看,温承书索性也不再掩饰,"胃疼。"

"……啊?"邢野猛地从沙发上坐起来,看着温承书,声音焦急,"怎么突然胃疼了?疼得厉害吗?要不要去看医生?"

"没事。"温承书靠在饮水机旁,揉了揉太阳穴,"吃了药,一会儿就好。"

没等温承书说话,邢野已经掀开毯子跳下沙发,过去拉他:"那你别站着了,坐一会儿。"

又没穿鞋……温承书轻轻叹了口气。

邢野将温承书扶着坐到沙发上,又贴心地帮他把毯子裹上,拿出手机开始寻找胃痛的缓解方法。

"不行就去医院看看吧,别硬撑着。"

"还好。"

"骗人。"邢野的表情看起来倒像是比他还疼,"你的脸都白了。"

"真的没事。"温承书无奈地安慰起他来,"老毛病了,一会儿就好。"

邢野没搭腔,还抱着手机不知道在看什么。

过了一会儿,他放下手机,伸手去拽温承书放在毛毯下的手:"把手给我。"

温承书正要抽回手,却被邢野按住躺在沙发上。他伸手强行将温承书的手臂拉到身前,命令道:"你转过来平躺。"

温承书被他这么拽着手,胳膊别着不太舒服,只好转过身,听他的话平躺着。

邢野抓着他的手,几根手指贴着他的手腕不知道在量什么，反复比画了一会儿，指腹在他手腕往上几厘米的位置按了一下："有什么感觉吗？"

温承书不明所以，如实回答："没有。"

"不应该啊。"邢野嘀咕着，手指又往旁边偏移了一点，"这里呢？"

"……有点热。"

"那就是这儿了。"邢野交替着用两只手的大拇指按揉着他手腕上的穴位，一边解释道，"网上说这里是内关穴，按一会儿可以缓解胃疼，还可以安神助眠……"

温承书的手指微微弯了一下，还是没抽回手。

邢野专注地按摩着温承书的穴位，一丝不苟地按照网上的指导做，希望能够帮助他缓解疼痛。一阵沉默之后，温承书突然开口问道："其实你不用做这么多。"

邢野一顿，回答："我没别的意思，我做这些不是为了让你做我的模特。我是看你刚才一直皱着眉头，脸色也不太好，所以想试试看能不能帮到你。"

温承书感受着穴位处慢慢泛起的暖意，轻声道："谢谢。"

邢野轻轻地笑了笑，然后继续专心地按摩。

"好些吗？"

"好多了。"

邢野不好意思地摸了摸头："那就好，以后如果还疼，你可以告诉我……或者，我也可以教给宜年，下次你再痛得厉害了，也不用硬扛了。"

温承书缓了缓,随后回了自己房间休息。

邢野第二天醒得很早,喉咙有些干涩,他一边清了清嗓子,一边从枕头下面摸出自己的手机,拿到眼前看了一下。

还不到七点。

邢野心一沉,盯着手机发了会儿呆,点开温承书的微信,试探性地问道:哥,你在房间里吗?还是这么早就去工作了?

对方的消息很快回了过来。

[Wen]:厨房。

屏幕里弹出这两个字的时候,邢野立刻笑了起来。他放下手机,掀开毯子跳下沙发,往厨房跑了两步,脚步又停下来。他返回来把拖鞋穿好,又俯身认真地把沙发上凌乱的毯子整理好,站在沙发前继续给温承书发消息:毛毯放哪里?

[Wen]:二楼洗衣房。

等邢野慢吞吞地从二楼下来时,一眼就看见温承书正背对着他站在厨房的壁橱前。

慢慢靠近,邢野听到细微的滋滋声响,充满诱惑的声音唤醒了他迟钝的味蕾,肚子咕噜叫了两声。他轻轻嗅了一下,食物的香味还没有散发出来,促使他下意识地又往前探了探身子。

温承书闻声,略微偏过头:"怎么不多睡会儿?"

"醒了就睡不着了。"邢野探过头去,"在做什么?"

"煎蛋。"

邢野的意图赤裸裸地写在脸上:"哥,我也想吃。"

温承书"嗯"了一声,脸上没看出什么明显的表情,眉目却柔和。

邢野擅长察言观色,更擅长顺杆爬,眼神透着笑意:"还有别的能吃的吗?我还在长身体呢,得多吃点。"

温承书说:"三明治。"

邢野像个小尾巴似的跟在温承书后头,一会儿问"要不要盐",一会儿说"我帮你拿盘子",殷勤得实在有些过了头。

温承书无奈地从他手里接过糖罐,说:"去沙发上待着,看会儿电视,或者打会儿游戏。"

邢野撇了撇嘴,拖着长音心不甘情不愿地应了:"好吧——"

"鸟还没喂。"温承书转过身,把切好的吐司片放进烤面包机里,"芝士要吗?"

"要。"邢野自告奋勇道,"那我去喂鸟了?"

"嗯。"温承书说,"鸟粮在飘窗下的抽屉里。"

"哦。"邢野只好应了一声,踩着不合脚的拖鞋啪嗒啪嗒地跑开了。

"可以吃早餐了。"温承书把早餐端上餐桌,从微波炉里拿出热好的牛奶倒进玻璃杯里,对跑过来的邢野说,"洗手,穿鞋。"

"忘了……"邢野嘿嘿笑了一声,跑回到窗边穿上鞋,往洗手间跑去,步伐轻快,嘴里还哼着小调。

邢野洗完手回来，在餐桌前坐下，抬眼看着对面慢条斯理地吃着早餐的温承书。

大概是昨晚玩得太累了，一直到两个人安静地吃完了早餐，也不见其他人出来。

等温承书吃完早餐，邢野率先起身，想要在他面前表现一下："我去洗碗！"

温承书走过来拿走他面前的餐盘："有洗碗机。"

"……噢。"邢野跟在温承书后面，看着他把盘子放进抢了自己风头的洗碗机里，"那我做点什么？"

温承书按下开关键，在洗碗机嗡嗡的运转声里睨了他一眼，说："把牛奶喝完，长身体的小朋友。"

这声"小朋友"叫得邢野心头一暖，作势不满地反驳"不小"，笑意却早已经从眼尾扩散到嘴角。

他捧着温热的玻璃杯坐在沙发上，小口小口地抿着牛奶，目光却早就凝固在昨晚随手放在茶几上的烟盒上。

他知道温承书清楚他的本性，毕竟头一回见面就被揭了个底朝天，想瞒也难。

但他还是忍住了，毕竟要装就得装到底——表现得好一些总归是没有错的。

温承书早就留意到旁边小孩眼眸微垂的样子，抽烟的人极少会介意别人在自己面前抽烟，但看小孩心不在焉地捧着牛奶装乖，倒觉得有趣了。

"发什么呆？"他故意问。

邢野回神，扭过头冲他笑："没啊……这个牛奶怎么一点也不香啊？"

"脱脂的。"温承书说。

"这样啊。"邢野脸上笑得甜，心里却在骂娘，牛奶流进喉咙里，有点腻，"温承书亲手热的"这么强悍的理由都抵不住不合胃口导致的生理不适。

晨间新闻结束后，温承书把电视调到娱乐频道上，放下遥控器从沙发上起身，大概是上楼换衣服去了。

喝一口也是喝了，喝一口也是喝了……

在心里默默念了几遍"不能对不起自己"的原则，趁温承书离开，邢野迅速起身走过去，把剩下的半杯牛奶倒进洗碗池里。

温承书回来得很快，邢野刚把杯子洗好放回杯架上，就见他从楼上下来，身上还穿着家居服，只是鼻梁上多了一副金丝半框眼镜，泛着冷光的镜片将他眼底的温和略微遮去，表情比刚才看上去要稍严肃些。

邢野看着他递到自己面前的银行卡，先是一愣，心里突然慌张起来，迟疑地抬起头，看着他："……这是？"

温承书声音平稳："上次模特……"

话才刚开个头，温承书吃早餐时随手放在橱柜边的手机铃声响了起来，他道了声"抱歉"，走过去接起电话。

邢野蹙紧了眉，目光灼灼地盯着他的背影，似乎要将那道身影射穿,手心紧握着银行卡,胸腔中仿佛有一口气堵着,上不来也下不去,憋得他难受得厉害。

李苗苗从房间里出来,看到厨房旁边站着的温承书,有些诧异,礼貌地道了声:"温大哥好。"

温承书似乎在与电话那头的人聊什么重要的事情,闻声转过头,蹙着的眉头微微舒展,拿着手机无声地与她打了个招呼。

李苗苗见他在打电话,忙低声说:"不好意思,您先忙。"

温承书抱歉地冲她略微点了下头,拿着手机往楼上走去。

"干吗呢?"李苗苗看着屈膝窝在沙发上发呆的邢野,走过去伸手扯了扯他的睡衣袖子,调侃道,"哟,你还把睡衣带来了?不愧是我们文美一枝花,随便出个门也这么精致。"

邢野微微垂着脑袋,抿紧了嘴唇,也不说话。

见他情绪不大对劲,李苗苗在他旁边坐下,侧头看他:"怎么了这是?……哭了啊?咋啦?"

邢野的眼圈泛着明显的红,没哭,但也没心情反驳。他垂着眼睛盯着面前的烟,心里没来由地升起一股烦躁,抬手一把扯下头发上系着的耳机线,一只耳机随着他的动作甩过来,重重地打在他的侧脸上,他白皙的脸颊上很快红了指甲盖大小一块,有些疼。

脸上与心里这两把火腾起,来势汹汹,顿时烧得他脑袋发蒙,呼吸急促。他没有理会身后李苗苗担忧的叫喊声,起身往楼上跑去。

温承书刚换好衣服，听到敲门声，扭头朝房门看了一眼，沉声对电话那头的人说道："先这样，我很快过去。"

挂断电话，他抬手将领带系好，走过去开门。

刚把房门拉开一条缝，门外的人便急不可耐地挤了进来，接着门"砰"的一声被来人重重拍上，又是一声"咔嗒"，反手落了锁。

温承书看着面前满脸写着委屈的小孩，神色不动，声音沉了沉："怎么了？"

"说好的给我当模特的，你现在给我钱是什么意思？"邢野又急又气，"你是不是反悔了？昨天才答应要帮我的，今天就拿笔钱想要打发我，你怎么说话不算话啊！"

"你是说那张卡吗？昨天晚上我就想给你，但昨天没找到合适的时机，就今天拿给你了。这是上次你当模特的报酬……"温承书这才反应过来他脾气发作的缘由，心里哭笑不得，无声地叹了口气，"上次寄给你的合同，汇款账户栏是空着的，我找人办了张卡，原本打算让小年拿给你，正好你来过了。"

"……我不要。"邢野抬起眼睛瞪着他，"你就说你是不是反悔了？"

"没有。"温承书无奈，"一码归一码，这笔钱你还是要收的。我答应你的事情也不会反悔，放心吧。"

房间里彻底安静下来，只听到浅浅的呼吸声。

邢野站在温承书面前,还是低着头——这次是真的尴尬得抬不起头了。

丢人。

真丢人。

温承书看着他低垂的眼睫,好心给他找了个台阶下——也是给自己。

"我公司有点事情要处理……"温承书轻轻拍了拍他的后背,"下去吧。"

邢野揉了揉泛红的鼻子,不知该说什么。

温承书侧身从他身旁走过去,又道:"你早点回学校吧,下午有雨。"

邢野应了一声"哦",跟在温承书后面下了楼。

郝飞已经起床了,正坐在沙发上跟李苗苗聊天,见他下来,将眼睛眯成缝,冲他挑了挑眉。

邢野打着哈欠进了房间。

换好了衣服打开房间门,正好听到王辰捏着嗓子喊了一声"大哥再见",邢野连忙跑出来,在门口追上温承书。

"哥!"

温承书踩在第二级台阶上,脚步顿住,略微偏过头:"怎么了?"

"那个,"邢野盯着他的背影,犹豫着开口,"以后……我是说,如果不忙的话,你可以偶尔回一下我的消息吗?我可能会跟你说说当模特的事情。"

邢野这话说得实在有点不好意思,毕竟夸下海口说"不会给对方添麻烦"的人是自己,这会儿又向他提要求,简直就是犯规。

"嗯。"温承书转过头,迈着长腿朝停在门外的车走去。

邢野站在台阶上望着他离去的身影,直到那辆黑色的宝马消失在拐角,才转身回到屋里。

第七章
生日快乐，温承书

文阳的天终于放晴了，如同邢野的心情一样。

心情是越来越好了，嗓子却一点没见好。邢立军知道以后，直接去医院开了几服中药，每天煎好了给他送过来，强迫着他喝下去，自己再回。

邢野觉得麻烦，也怕邢立军辛苦，好说歹说才让邢立军从一天送一次变成了三天送一次。煎好的中药用密封袋按照每天的量分装，喝的时候用热水烫一下就行，倒也方便。

——就是难喝，他跟温承书抱怨。

邢野捏着鼻子把难以下咽的中药灌进嗓子里，接着迅速把剥好的牛奶糖塞进嘴里嚼碎，让味蕾以最快速度品尝到香浓的奶甜味，这才拿起手机看温承书的回复。

[Wen]：良药苦口。

[野生的小野]：我以为只有我爸会这么说。

[野生的小野]：真让人头大。

面前桌上摆着的台历上，下周三的日期被浅粉色马克笔画出的规整圆圈圈住——0925是温承书微信号后面跟着的日期，和他之前说的还有两个礼拜过生日正好对上。邢野屈指在台历上轻轻弹了一下，笑意渐浓，起身穿上外套，塞上耳机出门。

没有课的时候，画室往往不会太干净，地板上沾着无意中甩上去的彩色颜料，被走动的脚步踩得满地到处都是。

邢野侧身躲开沾了满手水粉的同学，在自己的位子坐下，脱下外套时才发现忘记拿发圈了。他在包里翻找了一会儿，找出一条数据线，抬手把头发胡乱绑起来。

郝飞探头过来："啧，这小菊花画得真好。"

邢野推开他的脸，面无表情道："这叫玛格丽特，滚滚滚。"

"什么玛格丽特啊，还起个洋名儿装相。"郝飞搂着他的肩膀，扬着下巴冲他画板上点了点，"我们老家管这叫木茼蒿，后山上一大片儿，这小东西命糙得很，除去冷天，一年能开八九个月的花。"

邢野闻言稍微扬眉，听他这么一说，越琢磨越觉得自己这花儿是画对了，像他。

——只要有点阳光，他就能可劲儿灿烂。

"傻乐啥啊？"郝飞好笑地在他肩头揉了一把，"给谁画的？"

邢野含糊地应了一声："不告诉你。"

之后，任郝飞再怎么问，邢野也不肯开口了。他眉眼里染着浓郁的笑意，拿起画笔继续描画起来。

社团每周一次的例会定在周二下午开，温宜年中午给邢野发了个微信请假，只说家里有事要回家一趟。

邢野很爽快地答应了。

晚上开完社团例会，他顶着寒风去校外拿回自己委托画店装裱好的画。

捧着画框朝宿舍走的路上，傍晚时他给温承书发去的消息才终于收到回复，说要休息了。

邢野空不出手打字，回到宿舍后小心翼翼地把画框放在桌上，把风衣脱下来挂在衣架上，这才捧着手机回复晚安，那边没再回消息。

才十点过半，温承书今天这么早就睡了？

邢野坐在椅子上咬着大拇指尖儿，心里那点不安没来得及发散，被从洗手间出来的郝飞打断了思绪："画拿回来了？给我看看！"

"嗯。"邢野心情颇好地拆开裹在画框外的泡沫，语气里带着炫耀，"看看，怎么样？哎，哎，只许看不许摸啊……"

周三一大早，邢野关掉闹钟从床上坐起来，迷迷糊糊地望着窗外白茫茫的晨雾，昨晚从脑子里丢出去的那份不安随着氤氲的雾气再度弥漫进心里。

他像往常一样跟温承书发微信问了声好，坐在床上发了会儿呆，起床洗漱。

一直到晌午雾气才散去，天空浮动着灰蒙蒙的云，有泛白的薄光穿过云间缝隙，又没有预兆地忽而黯淡，狂风卷起枯黄落叶，刮得人心惊。

是熟悉的骤雨来临前的样子。

邢野从食堂出来，习惯性地看了下手机，上午给温承书发的消息没有回复。

邢野跟他说要下雨了，问他吃饭了吗，又说今天难得从食堂的刷锅水捞面里吃到两根肉丝。对面还是一片寂静。

  果不其然,中午刚过雨就下起来了。雨势很大,在地上积水的坑洼里溅起水花。

  邢野喝完了中药,趴在阳台栏杆上,嘴里含着一颗奶糖,含糊不清地嘀咕道:"这个天儿怎么就跟我过不去了呢。"

  傍晚天色暗了下来,雨也终于小了些。

  他把画框里三层外三层地包裹得严实,在最外面又套上一层防水布,抱着画框出门。

  文阳到沂市的距离不算太远,乘坐城铁一个多小时就到了,他特意错过晚饭点才过来,一方面是担心会影响到温承书原定的生日计划,另一方面是拿准了温承书这么晚不会赶他回去。

  出租车停在别墅门口,邢野推开车门,被灌了一嘴的风。

  他动作小心地捧着画框下车,缩着脖子做了几次深呼吸,一边走上前按动门铃,一边在心里琢磨温承书看到他会是怎样的反应。

  门铃响了几声,没有人应。

  他小心翼翼地将画框靠着墙放好,掏出手机,犹豫着要不要给温承书打个电话。

  身后突然响起短促的汽车鸣笛声,邢野下意识地转头看了一眼,就见那辆熟悉的宝马缓缓行驶过来。

  邢野转过身,看着停在门口的车,还未见人,眼先含笑。

温承书穿着一身熨帖的黑色风衣从车里下来，身姿挺拔，手中举着一把黑伞，在昏暗的夜色里，握伞的手背白得反光。他绕过车后拉开另一侧车门，从车里出来的温宜年也是一身严肃的黑色正装，只是温宜年略微垂首，看上去不太高兴的样子。

两人共撑着一把雨伞走过来，穿过薄薄的雨雾，走近了，温承书这才注意到门口的邢野。

天色太暗，邢野站在门口看着他们，脸上的笑容慢慢消失了——他看到温宜年红肿的眼眶与湿漉漉的睫毛，是刚流过泪的模样。

"小年怎么了？"

温宜年站在温承书身后，低垂着眼睫，一言不发。

温承书微微敛去异样的神色，抬起眼眸看着面前明显局促起来的邢野，声音平平，听不出情绪："你怎么来了？"

"啊……那个，"邢野磕磕绊绊地说，"我……我想说今天是你生日，所以我没打招呼就……"

温承书的目光看向他身后那个立在门口的包裹上，略微停顿了一下，走过去按指纹开门，声音很轻。

"我的生日是明天，今天是我父母的忌日。"

这句话宛若一盆冷水兜头浇下，邢野浑身上下的血液顿时凝固。他不知道自己愣了多久，只知道当自己回过神来时，浑身冷得厉害。

邢野僵硬地站在门外，直到在门口换鞋的温承书说"进来吧",他这才咬了咬下唇,转身跟进去。

他一路小心呵护着抱过来的画框还靠墙放着,现在却连抬眼看过去的勇气都提不起来,他实在无法面对自己所做的蠢事。

他在心里狠狠地骂自己——邢野你真是个大傻子!

他反手把门带上,低着头,蹲在门口默不作声地换鞋。

温承书脱下的皮鞋随意地摆在地上,锃亮的鞋面沾上几点泥水,可能是没心情收拾了吧。

邢野换好了拖鞋,把温承书的鞋和他自己的鞋一起规规矩矩地摆回鞋架里,又垂着脑袋沉沉地叹了一口气,这才站起来。

气氛压抑得让人喘不上气。

温宜年回来后一句话没说就上了楼,客厅里只剩下温承书和邢野两个人。

温承书坐在沙发上抽烟,脱下的风衣随手搭在沙发背上。

邢野无措地站在一旁,头一次在温承书面前有这种说不上话的心虚感。

"对不起。"邢野微垂着眼睛,声音逐渐低了下来,"我不知道,我还以为,还以为今天……对不起……"

他心里充满了自责,强烈的酸涩从心口涌到嗓子眼里,喉咙紧得几乎发不出声音,像个惹了祸的小朋友,垂头站着,耷拉着肩膀,身体显得更加单薄。

温承书徐徐吐出一口烟雾，抬眼看他，像是这才后知后觉地意识到房间里还有别人在。

他俯身，将指间夹着的半支烟在烟灰缸里按灭，起身走到窗前拉开一条缝，声音被窗外灌进来的风吹得有些失真："吃饭了吗？"

"嗯。"邢野从鼻腔里发出一个很轻的音节。

其实他还没吃，只是这会儿他不能再给温承书添麻烦了——尽管他的出现本身就是个麻烦。

温承书朝他走过来，视线在他周围轻轻扫了一圈，却没看到那个包裹，目光在他脸上停留，问："你带了什么过来？"

"没什么……"邢野抿了抿唇，"你……小年还好吗？"

温承书看了他一会儿，无声地叹了口气，声音缓和下来，听起来有些柔软："不太好，你上去陪他一会儿吧。"

邢野嗅到了淡淡的烟草味，心里一酸，很想问"那你需不需要人陪"，最后还是很乖地点头，说："好。"

邢野敲了敲温宜年的房门，停了一会儿，里面传出一声闷闷的回答："门没锁。"

邢野按动门把手，推门进去，房间里没开灯，只有从窗外透进的一点路灯光，给昏暗的卧室带来一小片光亮。温宜年正趴在床上，半张脸埋在枕头里。

"小年。"邢野叫了他一声。

"野哥。"温宜年慢慢从床上坐起来，鼻音很重，"你今天怎么过来了?"

这个问题像是扎在邢野心头的一根刺,别人每问他一遍,就会在他心尖上刺一下。

邢野慢慢走过来,在床边的书桌前坐下,这才开口:"我以为……今天是你哥的生日。"

邢野缓缓叹了口气,搭在膝上的双手绞在一起,绞得指关节有点疼,他万分抱歉地说:"不好意思啊,小年。"

温宜年的眼睛里闪动着一点不明显的碎光,脸颊也湿漉漉的,大概是又哭了一会儿。

他轻轻吸了下鼻子,摇了摇头:"我哥不过生日的。"

邢野不知道该怎么接话,只能干巴巴地回了一句:"哦。"

"我哥已经很久没有过过生日了,"温宜年说着又要哭,眼睛肿得像两颗核桃,"我都快忘了他的生日,连你都记得,我都不记得了。"

邢野失语片刻,拍了拍他的肩:"你哥不会怪你的,别哭。"

从生日这个话题聊起,温宜年憋在心里多年的倾诉欲找到了宣泄口,时而哭时而笑地与邢野聊了好久,从童年时期有关父母的回忆,到大哥年少叛逆、不顾父母反对毅然决然地选择出国留学,再到那场突如其来的意外……

等温宜年讲累了,睡下了,肿成核桃眼的人变成了邢野。

晚上九点钟发生的事故。

C国,近三个小时的时差……接到国内电话的那一瞬他应该很高兴吧。

邢野一想到这些,心就揪得厉害,连呼吸都紧得难受。

他走出去,轻轻把卧室门关上,下了楼。

一楼的烟味明显比两个小时前他上楼时要浓些,是一种呛人的苦涩,淡淡的白雾若有若无地萦绕在客厅的吊灯周围,和窗外的夜雨寒风一样都散不干净。

不知什么时候,那个本该在门外吹风的画框被温承书拿了进来,严严实实的包装还没拆,正躺在客厅的茶几中央。

温承书还坐在沙发上,身上穿着一件薄薄的黑色毛衣,包裹着精瘦却结实的上半身。

由于邢野刻意放轻了下楼的脚步声,他眉宇间染着的疲倦还未来得及收敛,等邢野快要走到他面前了,这才掐灭了手中的烟,嗓音微微有些沙哑:"小年睡了?"

邢野看着他,喉咙发紧,应了一声:"嗯。"

"我煮了粥,在锅里。"

见邢野站着不动,温承书才抬起眼睛看他。

邢野乌黑浓密的睫毛沾染了湿气,眼睛也湿,唇线微微起,一副要哭不哭的模样。

温承书看着他抬起步子,慢慢向自己走近。

客厅只听到两人轻柔平缓的呼吸声和钟表的嘀嗒声。

嘀嗒——

嘀嗒——

咔嗒。

"是不是很久没有人和你说生日快乐了啊。"邢野的声音带着难以抑制的轻颤,他忍了一会儿,才没让眼里噙着的泪从眼眶里滚出来,"生日快乐,温承书。"

邢野眸里盈满泪水,只看到一片模糊的光影,沙发后面矮柜上的绿植,在他眼中只是一片绿色的光点。

他克制着自己不要低头,怕安慰着安慰着,自己的眼泪先掉下来。

他调整着自己发紧的呼吸,从唇缝间极慢地吐出一口气来,想把眼泪憋回去。

他轻微地眨了下眼睛,随着眼皮的合拢,泪珠子吧嗒一下掉了出来,很快脸颊上便湿了一片。

"谢谢。"温承书微哑的嗓音混在淅沥的雨声中。

邢野闭上眼睛,温热的泪液滑过下巴,落进毛衣领口。

他艰难地清了清嗓子,控制着颤抖的声线,故作轻松地说:"这有什么好谢的。"

温承书从沙发上站起来,道:"粥要凉了。"

温承书从邢野身边走过,走到厨房,伸手在煲粥的小锅外感受了一下温度,还是温热的。

他从厨具架上拿下一只小白瓷勺,在锅里搅拌了一下,让香菇丁与肉末充分混入软烂的米粒里,然后取出一只小碗。

"你平时常自己做饭吗?"邢野不知道什么时候走了过来,看着他把粥盛出来。

"嗯。"温承书把粥碗递给他,从柜子里拿出一个汤匙,"不忙的时候。"

"好厉害。"邢野轻轻吸了下鼻子。

温承书抬眼看他,他微抿了下嘴,笑着说:"好崇拜你哦。"

"……"

"有空了也教教我呀。"邢野努力活跃着气氛,企图让现在的氛围变得不那么压抑,"我天天吃外卖都要吃吐了,我怀疑我现在身体里流淌的都是地沟油。"

"行。"温承书说。

邢野盘腿坐在茶几前的地毯上,乖乖地小口小口喝粥,就见温承书不知从哪里找来一把小剪刀,看样子是打算把他拿来的包裹拆开。

"先别拆。"邢野忙放下勺子,抬头看着他,语气里带着点请求的意味,"等我走了再拆吧……"

温承书抬眼看了看他潮湿的眼睛,琥珀般干净剔透,看得人心头柔软。他放下剪刀,坐在沙发上,把手机开机。

手机打开的瞬间,有很多条消息弹出来。

他的下属清楚今天是他一年一次的"休息日",哪怕再紧急的工作都不会在今天打扰他,所以这些消息来自同一个人——对面抬着眼睛悄悄打量他的小孩。

温承书把邢野发来的琐碎日常看完,对他说:"我手机关机了,忘记和你说。"

邢野立刻摇摇头,说:"没关系。"

喝完了粥,邢野起身过去把碗给洗了。

温承书拿着小鸟的食盒走过来,邢野说:"给我吧,我去洗。"

他把食盒洗干净,温承书拿去调配饲料,邢野就跪坐在旁边和小鸟玩。小白文鸟在温承书的悉心照料下,身体愈发圆滚滚的了,卧在邢野手心里,像极了糯米丸子。

邢野掏出手机对着它拍了半天,抬手轻轻捅了捅温承书的胳膊,问:"你看小浑蛋的嘴巴像不像草莓那样红?"

温承书抬眼看过去,回:"像。"

邢野又戳了戳小鸟的身体:"它什么时候才能飞呀?"

"一直都会。"温承书无奈地提醒他,"它受伤的是脚,不是翅膀。"

邢野猛地睁大了眼睛,这才反应过来:"对啊,那它怎么从来都不飞啊?还吃得这么胖!小懒球!"

小白文鸟似乎不满他的称呼,像是要证明自己会飞,在他手心里拍了两下翅膀。

邢野眼里刚刚燃起的希望,随着它趴回去的动作,啪的一声熄灭了:"完了?你这个小懒球!"

他戳着小鸟的脑袋,小鸟张着嘴小声地叫了一声,乌溜溜的眼睛转动着。

"你还敢顶嘴?"

小鸟又是一声。

"嘿，'爸爸'三天没打你了是吧？"

小鸟懒得搭理他，把小脑袋藏进羽毛下面，装作听不见。

"你还给我装起来了，作业写完了吗，就睡觉！"

温承书扫了一眼旁边自导自演玩得不亦乐乎的邢野，沉闷的心情舒缓了一些。

邢野把不搭理他的小鸟放回小窝里，撇着嘴跟温承书抱怨："它不跟我玩儿了。"

"它该睡觉了。"温承书把食盒放回笼子里，"你也该睡了。"

雨水打在窗上，蜿蜒流下。

邢野扭过头，眨了眨眼睛："我今天应该不用再睡沙发了吧？"

温承书把鸟笼的小门扣上，拿起手帕擦着手指："客房帮你收拾好了。"

"就知道还是哥对我好。"

第二天。

邢野醒来的时候还有点迷糊，两条胳膊伸到被子外，舒展着身体伸了个懒腰，转过头看了一眼时间。

床头柜上摆着的电子表显示七点二十分。

邢野打着哈欠从床上坐起来，抬手抹掉眼尾流出的泪，起身下床洗漱。

从客房出来的时候，邢野正好与温承书打了个照面。

大概是刚吃完早饭，温承书正从餐厅出来。

"你要上班了吗？"邢野问。

"嗯。"温承书说，"吃完早餐你就和小年一起回学校吧。"

邢野说"好"。

两个人都默契地没有再提起昨天晚上的事。

温承书要出门时，邢野正和温宜年坐在餐桌前吃着早餐，有一搭没一搭地聊着学校将在这周末举办的社团文化艺术节。

温宜年扭头看着俯身在门口换鞋的温承书，在邢野的眼神鼓励下，轻轻咬了下嘴唇，鼓起勇气对他说了一句："哥，生日快乐。"

温承书的动作微顿，很快直起身来，说："嗯。"

温承书离开后，邢野拿着自己的餐盘起身，走过去摸了摸温宜年的头发，轻声道："你哥肯定很高兴。"

温宜年抬头看着他，点头，眉眼里漾着一抹笑："嗯。"

邢野把他面前的空餐盘拿走，一起放进洗碗机。

晚上收到温承书发来的消息时，邢野正在社团活动室跟几人为了谁去校门口拿外卖进行"殊死搏斗"。

一对一比拼的紧要关头，手机屏幕上方突然弹出一个提示框。邢野看了一眼的工夫，手机里已经响起了一声慷慨激昂的语音——邢野输了。

郝飞哈哈笑着拍拍邢野的肩膀："辛苦社长。"

邢野难得输了没耍赖皮，还挺开心，一边捧着手机打开微信,一边低头往外走。

[Wen]:礼物我很喜欢,谢谢。

邢野看到他的消息,眼尾染上笑意,按住语音问:"你下班了?"

[Wen]:嗯。

"那我可不可以和你通电话?"邢野又问。

对话框上面显示"对方正在输入",然后又消失了。邢野半天没等来回复,低头在手机里打字,想说"没关系,如果不方便就算了",屏幕上突然弹出来一个语音通话申请。

邢野轻轻深呼吸,接起来,语气自然地跟他打招呼:"嘿。"

温承书讲不出那么稚气的"嘿",也不好对他说"你好",一时无言,略微停顿了一下,回道:"晚上好。"

"你看到画了?"

"嗯。"温承书把打开免提的手机放在桌上,将画框靠墙立在沙发后的绿植旁,认真打量着面前这幅色彩淡雅、笔触柔和的油画。

画的背景铺着极淡的灰蓝,一簇簇白花舒展着细长的花瓣,小小的花朵中间点缀着浅黄的花蕊,奶白的花瓣上染着一抹嫩粉。小花生长旺盛,向远处蔓延,绽放出遍野的芬芳,细腻而柔和的朦胧美感让人感到惬意。

"这幅画是你画的吗?"温承书问。

邢野有点不好意思地笑笑:"嗯……画得不好,你不嫌弃吧?"

温承书虽不懂画,但他将这幅画展开后看到的第一眼便觉得舒服,他也并不吝啬自己的夸赞,诚恳地说:"不会,你画得很好,我很喜欢。"

温承书听到电话那边的邢野轻声笑了起来,很开心地说了声"谢谢"。

"该是我向你道谢。"温承书又问,"这是什么花,雏菊吗?"

"网上说它叫玛格丽特。"邢野用手指蹭了蹭鼻尖,"嗯……也有个很接地气的名字,叫木茼蒿,好像算是菊科植物的一种吧——不过它和雏菊还是有一点区别的。"

"我也是画的时候才知道的。"邢野从社团活动中心出来,一边不紧不慢地朝学校门口走去,一边与温承书闲聊,"而且你知道吗,据说玛格丽特一年可以开七到八个月的花,花期特别长,无论什么环境都能长得特别好。"

温承书抬手扯松了领带,边听他说话边拿着手机回到沙发前坐下。

他略微挑了下眉,将搁在旁边的笔记本电脑放在腿上,随手在浏览器里输入邢野刚才说过的花名,便佯装随意地回了一句:"是吗?"

面前的浏览器里跳出了"玛格丽特"的介绍页面,他将腕表摘下来,解开衬衫领口系着的扣子,盯着花卉介绍。

对面的邢野声音里含着笑意:"野蛮生长的花很像我,你不觉得吗?"

不等温承书回答,电话那头的邢野突然提高了音量:"欸,我的外卖到了!哥,我先挂了啊,没手拿了,一会儿回去再和你聊天,拜拜!"

第八章
行为艺术

距离社团文化节只剩不到一周的时间，刚当上社长的邢野这还是入社两年来头一回独挑大梁，从活动筹划到主题宣传资料再到设施筹备，每一关都需要他这个新任社长反复检查确认，这一周忙得他是天昏地暗，脚不沾地。

但让谁也没有想到的是，这忙碌的一周还没过完，一个视频便在网络上疯传起来。

视频的拍摄角度有些刁钻，开始时画面抖动了片刻，然后对上一张白皙的脸。被拍摄的男孩眼睛细长，眸子却黯淡，微垂的眼睫轻微地颤动着，眼神闪躲，脸上是极度惊恐的表情，看起来对镜头十分抗拒。

画面慢慢稳定下来，拿着手机的人将镜头拉远，这才照清楚男孩的全貌。

男孩披在肩背上的漆黑长发乱糟糟地打着结，始终弓着身子，头往下垂，身体摆出一个十分扭曲的姿势。

四周很安静，视频无意中扫到了围在男孩旁边的人，大家都屏息看着他。

一个戴着熊头面具的人出现在画面里，他手里拿着的鞭子甩到地上发出震耳欲聋的响声，将男孩吓得陡然打了一个激灵。

发出这段视频的网媒将标题起得十分惹眼：国内某知名高校内"迷惑行为艺术"展出：是弘扬艺术还是哗众取宠？

下面的评论恶意满满，粗鄙不堪。

有人气愤地表示，希望高校加强对学生的素质教育。

有人对此表示疑惑，问这是在干什么？看不懂。

宣传部经理看着办公室内目光变得阴沉的男人，犹豫着开口说道："温总，我们的秋冬新品线下门店的海报投放原定在这周一，现在突然闹出这样的事，会不会对我们的品牌形象造成不太好的影响……"

温承书眉头紧蹙，抿唇盯着电脑屏幕上正在播放的视频，黑着脸操控鼠标将视频关掉。

"海报先不投放了。"温承书声音冰冷，脸色也不好看，"先推另一个系列。"

"好。"宣传部经理抬眼暗暗打量着陡然变了脸色的温承书，声音也变得小心翼翼起来，"……那线上图片还要用他的吗？"

"这个系列暂时不上。"

"……这个系列不上？"宣传部经理神情诧异。

"嗯。"

温承书蹙眉看着手机，邢野上午给他发了一条消息，说今天校园文化节开幕，自己忙得不可开交。

——就是在忙这个？

温宜年中午的时候发了一条朋友圈，是一张戴着黑熊头套的照片，一双又大又圆的眼睛从黑熊嘴巴的缝隙里露出来，看得出来笑得很开心。

温承书合上手机，然后闭眼靠在椅背上，揉了揉青筋暴突的额角。

"这说的都是些什么玩意儿?"郝飞跟网友对喷了半个小时,气愤地把手机锁屏后丢在桌上。

"肤浅!"邢野从冰桶里拿出一瓶啤酒,瓶口在桌角上磕了一下,瓶盖应声弹出去,他往嘴里灌了一大口,又觉得不过瘾,抬手招来服务生,"帅哥,开瓶酒。"

"对!肤浅!"李苗苗也气,她把旁边温宜年手里握了半天的半杯酒接过来,含糊不清地说,"我们干脆以后也别费那么多工夫搞什么宣传手册了,反正最后人家都是放个照片视频什么的,断章取义就完事儿了。"

被强制禁酒的王辰无聊地在旁边抠着新做的裸色美甲,道:"得。咱们白辛辛苦苦策划了半个月,早知道我就蹲门口收门票了。"

"我支持你收门票。"李苗苗扭头看着他,恶狠狠地说,"下回咱就收,就当给社团创收了。"

"唉。真烦。"王辰从沙发上站起来,怨念地看着他们,"来趟酒吧连酒也不让喝,我蹦迪去了。小可爱一块吗?"

温宜年连忙摆手:"我不去了,我不会。"

李苗苗搂着他的脖子:"有什么不会的,走,走,走,去了就会了。"

几人离开后,卡座这里顿时清静下来。

郝飞用胳膊肘捅了捅邢野:"你不去啊?"

"不去。"邢野从兜里掏出手机解锁,温承书今天一天都没有联系过他,让他本来就烦闷的心情顿时又沉重了几分。

他把手机丢在桌上,把杯子里的酒喝干,拿着烟盒起身:"去个厕所。"

"嗯。"郝飞往他身上扫了一眼,转头继续盯着台上。

厕所门口站着两个人,邢野倚在墙边排队。

一次又一次被媒体与网友恶意曲解,让他心里发堵。

正心中郁闷时,一只手搭在他肩膀上,来人语气熟络:"哟,美院之光啊。"

酒吧离学校不远,常来这儿玩的不是美院的就是隔壁音乐学院的学生,邢野对他没有半点印象,也没心情应付。

"有何贵干?"

"没什么事,这不是大老远看见你,来打个招呼。"那人脸上带着不怀好意的笑,"苟富贵,无相忘啊,野哥。这么出名了,带带兄弟呗。"

邢野没好气地甩开搭在自己肩头的手,冷淡地吐出一句:"哪儿凉快哪儿待着去。"

男生显然也不是什么善茬,被他甩开后一脸不悦,指着他的鼻子恶狠狠道:"脾气这么大,欠揍了是吧?"

邢野懒得跟他掰扯:"你别在这儿撒酒疯,麻烦让开。"

男生脸上的笑意顿时凝固,陡然变了脸色:"你就是个只知道哗众取宠的小丑,装什么清高,还真当自己是艺术家了。"

"啊——"

随着一声哀号,这个男生重重地栽倒在地上,引得旁人纷纷侧目。

在旁边排队的和从洗手间里出来的人都站在那里看热闹:"哇哦,你们是几号桌的啊?用帮你们叫人不?"

他们的卡座离厕所不远,很快,双方的朋友已经听见动静过来了。

眼看事态即将朝着不可控的方向发展,人群里不知谁拨打了110。

派出所离酒吧不远,所以警察来得很快,把他们都带回了派出所里。

上回来派出所还是遇上抢劫犯那次,这次处理他们的居然是同一位老民警,只不过邢野从上回在桌前坐着,变成了抱头在角落里蹲着。

"叔,咋又是你值夜班啊。"邢野蹲得脚脖子酸,索性盘腿在地上坐下来,闲来无事,跟面前这位和自己父亲差不多年纪的老民警搭话,"这么大年龄了,天天熬夜对心脏不好。"

"你哪儿那么多话,给我好好蹲着。"老民警拿圆珠笔敲了敲记录本,"啧"了一声,"赶紧给你家里人打电话。"

"我家是外地的,家人过不来啊。"邢野说。

老民警眼皮都没抬一下:"别跟我胡扯,你的身份信息我们都能查到。"

邢野嘿嘿笑了两声："那您要不先把我拘留了呗。等明儿早上我爸醒了再打电话给他，他有高血压，半夜派出所给他打电话，我怕他出点什么事儿……"

"你说拘就拘啊，你当派出所是你家开的？"旁边的年轻民警吃完了泡面起身过来，在他脚边踢了两下，"蹲好了。"

"那你们放我走呗，我这可是正当防卫啊。"邢野撑着地板站起来，跺了跺发麻的脚，又很快在年轻民警警告的眼神里抱头蹲下。

"你这算什么正当防卫，你这是单方面殴打别人。"年轻民警没好气地说，"得亏人家没啥事儿，也不跟你计较。"

"是他先骂我的，我一个大老爷们总不能站着不吭声让他骂吧。"邢野说，"他不跟我计较是因为理亏，我俩真去法院打官司的话，指不定谁丢人。"

年轻民警撇了撇嘴，转过头对邢野说："赶紧打电话通知你家里人过来。"

正说着话，派出所办事大厅的门被人从外面推开了。

西装革履的男人风尘仆仆地走了进来，抬手轻轻推了一下鼻梁上的眼镜架，气质文雅，沉稳有礼："抱歉，来晚了。"

刚才还舌灿莲花的"小刺猬"闻声神色诧异地抬头看过去，很快在对方看过来的目光里缩成了鹌鹑。

温承书将他从头到脚打量了一遍，见他脸上和身上没什么明显的伤痕，提了一路的心总算放了下来。

邢野默不作声地跟在他身后,看着他签字,交了保证金,蔫头蔫脑地跟着他出了派出所大门。

迎面吹来的风瞬间刮透了邢野身上单薄的线衣,他下意识地缩起了脖子,轻轻吸了下鼻子,双臂环抱看着面前的背影,小声地开口问道:"你怎么来了啊?"

温承书听着身后略微颤抖的声音,慢慢吐了口气,递给他一件西装外套,说:"小年给我打电话了。"

外套将邢野冻透的身体包裹进令他发昏的暖意里,他下意识地伸手攥住外套,低着头说:"对不起啊,打扰你休息了吧。"

温承书看着面前可怜巴巴的小孩,堵在胸口的气也散去了大半。

"走吧。"

邢野跟着温承书走到派出所的院子里,见他绕过车头走到车边,愣了愣:"你自己开车过来的?"

"嗯。"温承书打开车门,跨了进去。

温宜年晚上打来电话时,他正同于琰在办公室商讨有关秋冬新品第二个系列延缓上市的事宜。因为是晚上,司机已经下班了,即使立刻赶往公司也至少需要半个小时才能到,他没耐心等下去,便拿了钥匙自己开车过来。

邢野坐上副驾驶,不等他提醒,自己乖乖系好安全带,垂着眼睛不敢看他,手指抠着牛仔裤上做旧的毛边。

温承书开车驶出派出所院子，经过学校的时候没有停，邢野也没问温承书要带自己去哪里，反正他知道，不管去哪里，自己都是愿意跟着的。

温承书车开得不快，窗外的夜景缓慢地向后退去，车里很安静，两个人谁也没说话。邢野从车窗上看着他微冷的表情，心里有点闷闷的，像是自己做错了事似的——虽然他也不清楚自己有什么地方做得不对。

所以，见温承书这样，他原本靠着打架发泄出来的那点不畅快又一点点堵回了心口。

他头一回有点生温承书的气——

我又没做错什么，也没想让他这么晚过来，他为什么给我脸色看。

邢野知道自己这样有点像"白眼狼"，但他就是忍不住觉得很委屈。他又冷又饿地在学校里忙了一整天，又在网上被人骂得满肚子委屈，在派出所看到温承书的时候他差点就要哭出来了，本以为总算有个人能站在他这边了，如果那样，好像今天也不算太糟糕。

结果这人从来了就板着个脸，也不搭理他。

还不如不来，邢野忍住鼻酸，有些恶劣地想。

温承书的目光不时扫过路边的店铺，终于跟他说话了："身份证带了吗？"

邢野闷闷地应了声："嗯。"

温承书靠边找了个车位把车停下,一个人下了车。

邢野这才扯着袖子抹了把微湿的眼睛,拉下副驾驶前面的镜子照了照,确定自己看上去没有什么异常,这才硬生生在脸上挤出一个似笑非笑的表情。

真丑。

他转身趴在车窗边,看着温承书从路边一家二十四小时营业的药店里出来。

温承书上车后将车子启动,这次车辆行驶的速度显然要比之前快很多。

邢野扭过头看着他的侧脸,语气里带着点商量的意味:"你能不能……"

温承书不咸不淡地扫过来一眼。

——能不能不要总皱眉啊。

邢野看着他毫无波澜的神色,抿了抿唇,收回目光看向窗外,低低地说了句:"算了。"

车停在文阳市区一家价格不菲的商务酒店楼下。

温承书将车钥匙递给代替泊车的门童,邢野跟着他进去,摸出自己的身份证递过去给前台。

酒店前台的女孩双手接过他的身份证,脸上挂着得体的笑容:"请问要几间房?"

温承书看了眼旁边低头不语的邢野,收回目光,对她道:"1809。"

女孩顿时了然,将房卡与邢野的身份证一同递了回来:"您请。"

邢野低着头不知道在想什么,温承书只好代替他伸手接过,目光却无意中从他身份证上的出生日期上掠过,神色微滞,很快不动声色地将身份证递到邢野眼前:"走了。"

邢野接过身份证塞回兜里,跟着他往电梯走去。

"我上次说谎了,我还不到二十二岁。"邢野跟在他后面说。

温承书停下脚步,伸手按了电梯:"嗯。"

等电梯时,他从电梯门的镜面上看着自己的侧后方。小孩正抱着外套垂着眼发怔,脸上也看不出什么表情,反正从他耷拉着的肩膀就能看出情绪挺低落的。

进到房间里,温承书先用门口的总控开关把浴室里的暖气打开,等邢野进来后把房门关上。

他转过身走到沙发前坐下,摘下脖子上系着的领带,对邢野说:"去洗澡。"

邢野蹲在门口换上拖鞋,起身后胡乱把散在脸上的发丝扒拉到一边去,一言不发地朝浴室走去。

洗完澡,邢野坐在沙发上,温承书俯身从茶几上的塑料袋里拿出药瓶拧开,用棉签蘸着深褐色的药水,眼神示意邢野卷起裤腿。

邢野愣了一下,把裤腿卷到膝盖上。下午时膝盖不小心磨破了皮,不严重,邢野的疼痛神经也不算敏感——从小磕磕碰碰多了，这点小伤根本不算什么，便抬头看着面前的温承书。

温承书用棉签帮他上药的动作很轻，邢野本来不疼的，加上温承书买的药里大概是含有止痛成分，涂在伤口上清清凉凉的。但这一天受了太多委屈，忽然有人这么体贴地帮他上药，让他心里发酸，看着看着就忍不住想喊疼。

好吧，原谅你了，邢野没骨气地在心里想。

"那条腿。"

邢野把这条腿收回，换腿伸过去的时候，不自然地捞起一个抱枕压在了腿上。

温承书也只当没看见，心无旁骛地帮他上完了药，抬起眼睛看着他。

"袖子拉起来。"

邢野听话地拉起袖子，伸出两只胳膊给他看，说："没有了。"

温承书拉过他的胳膊仔细检查了一遍，确定没有伤了，才"嗯"了一声，正要俯身将药瓶拧上，余光瞥见旁边的邢野抬手撩了下头发。

他的动作蓦地停了下来，蹙眉看着邢野。

"抬头。"

温承书拿了一根新的棉签，蘸着药水轻轻涂在他脖颈的伤口上，浓眉皱得有些紧。

邢野咬着微颤的嘴唇，身体有点抖——这次是真疼。

"他们都不懂。"邢野说。

温承书手里的棉签用力了一点,邢野很小声地吸着气,睨着他,语气听上去跟闹脾气似的,又软又凶:"你也不懂。"

"你也觉得我们是在哗众取宠吗?"

温承书不说话,在邢野看来就等同于默认。

邢野撇了撇嘴,心里不可避免地有点难过,他用手指绞着抱枕上的流苏,小声说:"他们都可以不懂,你不行……你不能那样想。"

温承书手上的动作顿住,沉默地看了他一会儿后,放下棉签,坐直了,说:"你讲给我听。"

邢野红着眼睛,要哭不哭地看着他,绷了半天还是没绷住,视线里很快出现一片模糊的虚影。

他拽着袖子在眼睛上胡乱蹭了一把,很用力地点头:"嗯。"

邢野不是很爱哭的人,最起码在遇到温承书以前,他不是。自打妈妈离世后,邢野就很少自由地表达自己的情感了,不想哭,也不敢哭,他怕邢立军跟着难受。虽然老邢从来不在他面前表现出脆弱的一面,但他知道,老邢对他成长道路上缺乏母爱这件事一直是心怀愧意的。

温承书的出现,好像弥补了他缺失的那部分。

一个善良、成熟、体贴的大哥哥,初次见面便对他施以援手,又不厌其烦地忍受他的接近,甚至同意当他的模特,好心收留他,帮他上药。

邢野甚至有时会有些羡慕温宜年，他想，如果温承书是自己的哥哥就好了。

有些还没干透的发丝凉凉地贴在脖子里，有点难受，他抬手把头发拨到一边去，眼睛还垂着，他问温承书："你现在要听吗？"

温承书的脸色缓和了一些，抽了张纸巾递过去，语气也软了下来："等一下吧。吃晚饭了吗？"

邢野点了下头，又抬起湿漉漉的眼睛看他，小声说："吃了，但是又饿了。"

温承书用酒店座机叫了送餐服务，起身说："我先去洗个澡。"

邢野抱着腿蜷在沙发里，说："好。"

温承书转身去卧室里拿来一件丝绸睡袍，递给他。

"我确实对行为艺术有与大众相同的刻板印象，但我并不是因为这个生气。"温承书委婉地说，"以伤害自己为前提的表演，我并不支持。"

"可能在你看来我在带着小年胡闹，但其实不是这样子的。"邢野着急地解释，"是那些人断章取义……"

"好了，别激动。"温承书打断他，"我去洗澡，你先吃点东西，一会儿慢慢说。"

温承书洗完澡从浴室出来的时候，邢野正坐在茶几前的地毯上剥虾，手边的盘子里放着几只剥好的虾。见他出来，邢野弯着哭肿的眼睛仰头冲他笑,语气无比自然:"哥,吃虾。"

邢野的情绪转换之快,让温承书有点没适应过来——刚才还急得哭鼻子,这会儿又好像没事人一样。

邢野用手腕轻轻蹭了下鼻子:"我想明白了,我又没做错什么,我哭什么。"

温承书走过来,在他对面坐下。

邢野低着头把盘子放在温承书面前,又盛了碗粥递过去。

"哥,喝粥。"

"好。"温承书很轻地笑了一声。

吃完夜宵,温承书与于琰通了个电话,把今天晚上临时中断的会议议题最终敲定,挂了电话后来到邢野身边。

邢野靠坐在沙发上,捧着平板电脑看得专注,直到温承书走到旁边,他才从屏幕里抬起眼睛:"我是不是给你们添麻烦了?"

"嗯。"温承书把手机充上电,也坐上沙发。

"对不起啊。"邢野看着他。

温承书看向他手里的平板:"在看什么?"

邢野朝他身边凑近了些,手指在浏览页面上滑动:"在找我高中时看过的一部纪录片,是关于动物表演的暗访。"

温承书略微偏头朝他脸上看了一眼,心里似乎明白了些什么。

"你有看过马戏团的黑熊表演吗?"邢野边在网上翻找

当年看过的视频,边跟温承书聊天,"黑熊可以站立行走,可以双脚跳绳,甚至可以骑自行车。"

"嗯。"

"那你能想象出它们是怎么做到的吗?"邢野找到了视频,举起平板给他看,"为了让黑熊学会模拟人类的表演,马戏团里的驯兽师们平时会把它们锁进狭窄的空间里,在它们的脖子上套上锁链,然后把锁链另一端固定在某处。"

视频里的黑熊因饥饿而身体干瘦,脏兮兮的皮毛下是数不清的细微伤口,浑身的重量压在细弱的双腿上。

它身体被迫只能直立,双腿不停颤抖,却无法趴下或坐下,因为一旦站不住,脖子上过短的铁链便会变成最残酷的刑具,让它面临窒息的危险。

"它们穿着滑稽可爱的衣服,在驯兽师的暴力暗示下瑟瑟发抖地展露憨态可掬的模样。舞台总是离观众很远,观众看不到它们千疮百孔的身体。"

中年男人拎着拇指粗的皮鞭出现在镜头里,他侧目看着邢野,邢野紧皱着眉头,将平板往温承书面前举了举,目光却还紧紧盯着视频。

两米多的猛兽在看到这个瘦弱的中年男人接近时,竟然下意识地将身体紧贴着身后的墙壁,企图远离男人。男人得意地哼笑一声,从旁边肮脏的塑料桶里拿出几个干硬的馒头丢到黑熊面前,拿着鞭子敲打墙壁,发出声响。可怜的黑熊听到警示声,又惧又饿,慢慢挪着步子走到男人面前,让他帮自己解开锁链,男人却嫌它的动作慢,手里的鞭子下一秒便狠狠抽在它的身上。

画面抖动了一下,画面外偷偷拍摄的人似乎看不下去了,忍不住问他:"为什么打它啊?"

男人扭过头,得意地笑起来,操着一口乡音理所当然地说:"不打不听话啊,打得狠了它才能怕你,越怕你才越能给你赚更多的票子。"

邢野抠在平板边缘的指尖泛白,呼吸也愈发急促。

"你说有些人怎么能这么坏啊?"邢野闷闷地说,"我们表演的核心主题是'如果世界颠倒,人类还会冷眼旁观吗',事实证明,不仅会,还要对你吐口水。"

温承书沉默了片刻,对他说:"抱歉。"

邢野没说话,好一会儿才长长地叹出一口气,有点郁闷地说:"不怪你。要怪就怪那个盗摄的傻子和搞不清楚事实就乱报道的媒体,我们那天表演前和结束后明明都有立意讲解与动物保护宣传,他们非要断章取义,有毛病。哦,对了!"

邢野突然往温承书这边靠了过来,动作太大,不小心压到了温承书的手指,温承书仰着头,疼得小声吸了口气。

"啊,你没事吧,疼不疼啊?"邢野吓了一跳,连忙道歉。

温承书无奈地揉了揉手,笑笑说:"没事。你刚刚想说什么?"

邢野感觉自己做错了事,有些尴尬,耳朵和脸都热得发烫。

他掏出手机,磕磕绊绊地说:"我……我回头要找找看有没有人拍了全程,前面超可爱的,小年演一只熊宝宝,还背着熊爸爸熊妈妈偷偷塞给我一串糖葫芦……"

温承书漫不经心地捏了捏自己的手指:"我曾经以为的行为艺术,都是那种,嗯……"

他话音顿了顿,邢野了然地把话接过:"博眼球吗?"

温承书"嗯"了一声。

"其实行为艺术并没有大家想象中的那么不堪,至少不全是。"邢野盘腿坐在沙发上,讲起这些来很认真,"当然也有一些所谓的艺术家,以行为艺术为噱头博取关注,获得流量,从而牟利,或是达到其他什么目的。但我、小年,还有我们社团的其他人,我们从来没有过这样的想法。我们每次的选题都是非常贴近生活的,是我们身边每天都在发生的事情——就像你看到的,我们做动物保护的主题,以角色对调的方式准备的这场表演,目的只是为了引起大家对动物保护的关注。还有上个学期,我们策划的那场展出,也受到了很多关注。"

温承书:"那场展出又是为了什么呢?"

温承书是个很有耐心的倾听者,时而在恰当的时候发问,这种对话让邢野感觉很舒适。

"嗯……我们社团上一个社长是个有点胖的学长,他人特别好,说话也风趣,对我们这些后辈也一直很关照,后来他谈了恋爱,整个人的状态突然变得很奇怪。直到今年他在毕业前社团聚餐的时候,喝多了酒,脱下T恤给我们看他从后背蔓延到腰上的白斑……"

温承书问:"白癜风?"

"嗯,还是很严重的那种。他平时总是穿长袖长裤,说自己耐热,其实是因自己的身体极度自卑,害怕被人嘲笑。"邢野将头发捋在胸前,有一下没一下地梳着,"他说他很爱他女朋友,却因为这个连亲近她的勇气都没有。当时也是引起了很多共鸣吧,发现大家表面上每天都在嘻嘻哈哈,其实心里或多或少都会有一些难以启齿的事情一直在困扰着自己,导致自己时常会陷入自卑的情绪里。所以当学长说他想在毕业的时候让他女朋友看到真实的他,也想要勇敢地跨出一步,从自卑里走出来时,我们就毅然决然地决定在学长毕业时为他策划一场活动,希望能够传达有的人对渴望挣脱内心的枷锁,直面真正的自己,这样一个主题。"

温承书听得很认真,时而回应他一两个字。

"我们在他身上画画,让他的每一片白斑都绽开漂亮的白玫瑰,也在自己身上作画,在胎记上画可爱的图案,还有人会把一些否定自我的话写在身体上。其实这样的活动在美术学院并不是什么大不了的事,没人把它当成多稀罕的事儿,每一个自发参与的学生都很开心,有很多可爱的同学走上来拥抱我们,我们甚至还在会场上遇到了一个同样患有白癜风的女孩加入,还蛮令人感动的,最重要的是学长的女朋友看到后非常心疼他,表示自己会接受他。"

"其实在现场那样的氛围里,是不会有人冒出什么奇怪的念头或者想法的。"邢野叹了口气,"都是被报道以后网上那些内心阴暗的键盘侠才开始抨击我们的。好烦啊,他们什么都不懂。"

温承书沉默了许久,轻拍着他的后背:"受委屈了。"

邢野眨了眨眼:"你就是这反应啊?"

温承书没有回答,抬手摸摸他的后脑勺,问:"为什么打人?"

"谁让他侮辱我的艺术。"邢野说,"我生气啊,所以揍他了。"

"邢野。"温承书吐了口气,沉声道,"不管什么原因,暴力都不是解决问题的好方法。"

不等温承书继续说教,邢野就挥开他的手,有些失望地说:"算了,不理解也正常,睡吧,睡吧。"

早晨,被温承书的敲门声叫醒的时候,邢野还蒙着,盯着他傻愣愣地看了好半天,这才想起昨晚是他从派出所把自己捞出来的。

"起床吧。"温承书转过身,"我要回公司,顺路捎你回学校。"

等邢野把自己收拾好了,温承书已经坐在桌前吃早餐了。

回学校路上,他坐在副驾驶,嘬着温承书给的牛奶,盯着温承书,欲言又止。

温承书目不斜视地看着前方,说:"看什么?"

"没什么……"邢野收回目光。

清早,大学城附近支起了很多早餐摊,学生也多,温承书平稳地把车开到了文阳美院正门口才停下。

邢野没急着下车,温承书也没催,耐心地等着他咬着吸管不紧不慢地把手里那盒甜牛奶喝完了,这才对上他抬起的眼睛。温承书手肘抵在车窗沿上,偏头撑着额角,浓墨染过般的眸子里染着淡笑,问:"嗯?"

邢野有些不自然地捏着空了的牛奶盒,抿了下唇,才问:"哥,对不起,我昨天又给您添麻烦了。"

"没关系。"温承书一如既往地语气柔和,眼神也很温柔。

邢野轻轻点了下头,抬眼看着他:"我昨晚有点冲动。"

邢野鼓了下腮帮子:"我反思过了,哥说得对,暴力不能解决问题……我以后不打架了。"

"嗯。"温承书说,"遇到什么解决不了的问题,随时联系我。"

"真的吗?"邢野眨了眨眼睛,"那十一假期你有时间吗?"

不等温承书说话,他很快接着补充道:"我想趁假期把画稿完成,反正我放假也没有事做。也不用你特意抽出时间来,要是你有事情要忙也没关系,我可以等你下班,每天只要抽出一小会儿就行啦。或者你忙的时候我在旁边画画,不会打扰你的,我……"

温承书在心里暗叹了一口气,坐直了:"我不确定有没有时间。"

"哦。"邢野干巴巴地应了一声,有些尴尬,抬手捏了捏耳垂,说,"哥,那我走啦?"

温承书说:"嗯。"

邢野慢吞吞地解开安全带,两只手搭在膝盖上,还坐着没动。

等了一会儿,见温承书没反应,邢野扭头看着他,问:"真的一点时间都抽不出来吗?"

"我不确定。"

邢野不悦地撇了撇嘴,推开车门下车走了。温承书看着他快速离去的背影在不远处停了下来,站了片刻,又转过身很快回到车旁,拉开车门,皱着眉头站在外面。

温承书问:"怎么了?"

邢野看着他:"注意安全!再见!"

——砰。

温承书看着被他摔上的车门,有些好笑,等他的身影消失在学校大门里,这才发动了车子朝高速驶去。

第九章
特别的朋友

温承书一进公司,一早等在大厅的秘书便迎上来:"温总,服饰品牌负责人与宣传部的李总监已经在会议室等您了。"

"嗯。"温承书脚步没停,径直走进私人电梯,秘书自觉地搭乘另一部电梯上楼。

会议室里的灯光暗了下来,屏幕上无声地播放起一段有关黑熊的视频,画面中残忍的驯兽方式令在场众人连连蹙眉,同时心中又都冒出同样的疑惑,不知温承书这是何意。直到视频结束后,接下来播放起近日在网络上迅速传播发酵,引发了各大主流媒体与网友热烈探讨的高校行为艺术表演,众人这才恍然大悟。

当熊头人出现在画面里时,温承书略微蹙眉,淡声道:"好了。"

秘书应声将视频关闭,会议室里灯光骤亮,映出众人稍显复杂的神色。

宣传部总监与对面的于琰对视一眼,不太确定地开口问道:"温总,您的意思是以动物保护为主题,对我们的新品模特消除负面影响吗?"

于琰笑了一下,说:"是树立正面形象。"

温承书睨了他一眼,敛色沉声安排道:"将搁置的新品宣传与公益做一个结合,宣传部门负责编辑软文推送至品牌官方平台,并与品牌这边协调时间,这周内将新系列全面上市。"

宣传部经理在记录簿上记下工作要点,干脆利落地应道:

"好的，温总。"

"还有，新品发布当天以品牌名义向动物保护协会捐赠八百万元。"温承书抬头看向财务部主管，继续说，"再以模特的个人名义捐赠二百……"

他的话没说完，财务部主管与一旁的于琰同时怔住。

为了树立品牌形象捐款可以理解，但以模特个人名义捐款是什么意思？

毕竟捐款要走公司账目，财务部主管面色稍有犹豫，不知该不该过问。

不知想到什么，温承书眉心微蹙一下，顿了，改口道："以他的个人名义捐赠四十九万八千元，从我的个人账户里走。"

"好的，温总。"财务主管这才松了一口气，虽然不明白他的用意，仍是一口应了下来。

会议结束后，于琰没急着走，待到会议室里其他人走光了，这才抱臂靠着会议桌，饶有兴趣地打量他："招呼都不打一声，就把人家模特费捐了，人家同意了吗？"

温承书放松身体靠着椅背，问："你还有什么事吗？"

于琰耸了耸肩，识趣地走了。

温承书结束一件工作后，习惯性地掏出手机来看一眼，手机难得安静，整个清早都没消息进来。

温承书收起手机从座椅上起身，离开会议室，朝自己办公室走去。

想了想，温承书还是决定给邢野打个电话。

电话刚拨过去，对面就接了起来，听邢野的声音好像还赌着气，闷闷地问："干吗？"

温承书听着他假模假样地装冷漠，有点想笑，靠在椅背里，问："吃饭了吗？"

"在吃。"邢野听他这么一问，那点冷漠劲儿顿时就烟消云散了，嗓音都软了下来，"你吃饭了吗？吃的什么呀？"

"还没。"温承书说，"还没忙完，等下吃。"

"啊……怎么忙到这么晚啊。"邢野有点心疼了，忙说，"那，那你先去忙，赶快把工作弄完去吃饭。我不打扰你了。"

"没事。"温承书听着他慌里慌张的语气，几乎能想象出他小心翼翼的样子，声音柔和下来，"不用怕打扰我，如果我忙的话就不会回复你。"

本来是想缓和一下气氛，没想到却起到了反效果，对面的人声音明显低落下来："……好冷漠哦。"

温宜年从小到大都没让温承书操过什么心，他很少遇到这种需要主动破冰的时刻，一时也有些无言。

好在对面的小孩回血速度快，很快又活泼起来："哥，我火了，我跟你讲，我今天回学校还有人偷拍我，绝了，搞得我中午都不敢去食堂吃饭了……"

温承书顿了顿，问："那你中午吃什么？"

"酸辣粉啊，隔壁宿舍的老哥帮我带的，用了一张合影抵跑腿费。"邢野笑，"没想到有朝一日我竟然也能靠出卖色相谋生了。"

温承书却听得有些不舒服。出了这么大的事，想必邢野今天在学校过得也不会多舒心。但他也没拆穿邢野的话，只附和道："嗯，那些东西少吃，对身体没好处。"

对面的人闻声不语，温承书这才意识到自己下意识地把邢野当小年管了，他不想让邢野觉得受约束，正想点什么找补一下，邢野突然很低地笑了两声，说："哥，你真的好像我爸啊。"

"……"温承书无奈地撑着额角，玩笑道，"怎么，嫌我烦了？"

"哪有！"

温承书笑笑，这时办公室的门被人敲响了，他只好对邢野说："好了，吃饭吧，我工作了。"

"好，拜拜。"

"嗯。"温承书挂了电话，抬头正色道，"请进。"

邢野发现温承书是个挺守信用的人。他答应了每天给邢野看"小浑蛋"，从来没有失信过，哪怕真的有事情要忙，也会抽出时间来打视频电话给自己。

因为上次行为艺术表演的事情，两个人的关系愈发熟络了起来。邢野对温承书这个体贴的大哥哥也多了几分依赖，时常跟他分享一些学校的趣事。

温宜年自幼性格就比较内向，话少，不像邢野这么多话，这种体验对于温承书来说也是特别的。

"刚洗完澡,我已经上床啦。"邢野盘腿坐在床上,边拿着一条毛巾慢吞吞地擦着头发,边和温承书打电话,"你不是老板吗,为什么还要自己去应酬啊?"

温承书很轻地笑了一声,说:"因为对方也是老板啊。"

邢野以为他是笑自己的想法幼稚,有点懊恼地拿毛巾在头上胡乱揉着,应了句:"啊,有道理。"

"你快休息吧。"温承书说,"我过去了。"

"好。"邢野知道他应酬不可能不喝酒,又实在担心他的胃,忍不住小声说,"如果可以的话,你尽量少喝一点酒,记得喝酒前要吃点东西,可别再胃疼了。"

"好。"

"你晚上回家后,发个微信告诉我。"

"嗯。"温承书停了一下,又说,"快睡吧。"

"知道了,你快去吧。"

温承书挂了电话,拿起外套起身,从办公室出来,对门外等了许久的秘书说:"走吧。"

温承书不喜欢这样的商务应酬,却也极少推托,他在事业上所获得的成就自然与他待人处事的方式密不可分。

秘书跟他工作久了,早已经习惯了看到他每次应酬前严肃与疲惫并存的神色,忙拿起自己的外套跟上。

应酬结束时已经是凌晨了。

回去的路上,温承书还是按照承诺给邢野发了条微信。不出所料,还没等他到家,邢野的电话就打了过来。

温承书打开门,边俯身换鞋,边拿着手机问:"怎么还没睡?"

"睡了,口渴想起来喝点水,正好看到你的消息。"邢野嗓音沙哑又慵懒,讲话时的鼻音有点重,不像是撒谎,"你到家了吗?"

"刚到。"温承书听着他的声音,"喝完水了吗?"

"没有,不太想动。"邢野哑着嗓子问他,"你怎么样,胃有没有不舒服啊?"

"没有,放心。"温承书趿着拖鞋走到飘窗前,小白团子的作息倒是规律,早早地就睡了,他把手伸进笼子里轻轻摸了摸小鸟的脑袋,起身对邢野说,"起来喝点水,继续睡吧。"

"嗯。"电话那头传来走动的声音。

温承书脱下外套,走过去给自己倒了杯水,试图将唇齿间残留的清冽酒气冲散:"睡吧,我今天回来晚了,小鸟也饿坏了。我现在喂它,一会儿拍视频发给你,等你明天起床再看。"

邢野呢喃着:"不困,你喂它的时候给我打视频电话吧……"

温承书微微眯了下眼睛,喉结随着温水流进喉咙动了一下,他放下水杯,扯松了领带:"这么晚了不会打扰到你舍友吗?"

"……嗯?"邢野的脑筋半天没转过来,愣了一会儿才说话,声音也稍稍清楚了些,"没在,这几天都只有我自己住,他最近好像谈恋爱了,神神秘秘的……"

"嗯,那我等会儿给你打。"

邢野说:"好。"

等温承书洗完手,把从温宜年房间里拿来的手机支架放在窗台上,又把手机固定在支架上,重新拨打视频电话过去,对面却很久没有接通。

他想:邢野大概是睡着了。

他正要挂断时,视频突然被接通了。

温承书这边只开了一盏很暗的顶灯,他不紧不慢地将衬衫袖口挽起,准备调配鸟食:"我以为你睡了。"

邢野明显刚从被窝里爬起来,半倚在墙上,头发在脑袋后面绾了个松散的发髻,身上穿的是被他拿来当睡衣的棉质T恤,迷迷糊糊地说:"差一点。"

他的手机拿得近,眼尾那颗小痣清晰可见。他用力眨了眨眼,似乎想将眼里那点倦意眨掉:"小浑蛋呢?"

温承书摘下了眼镜,打了发胶的头发也被他随手抓散了,这会儿是十分放松的状态。

他微侧身,把手机支架底座安装在飘窗的窗台上,将延伸架拉到面前,前置镜头对准面前的鸟笼。

手机屏幕上被放大的画面实在有些暗，朦胧的黄色灯光为一切笼罩上一层暖意。

温承书动作优雅地站在飘窗边上，手中拿着一只精美的鸟食罐，朝笼子的方向轻轻晃了晃。

小浑蛋抬起小眼睛看了看他，却没动，仍蜷缩在鸟笼的一角，一副困倦的样子，仿佛随时都会进入梦乡。

"比我还能睡。"邢野说。

"白天还是挺活泼的。"温承书有心逗弄，故意动作很慢地将鸟食罐靠近小浑蛋。

直到他用勺子将罐子里的鸟食放进食盒，小浑蛋听到这个声音才迷迷糊糊地睁开眼睛，看到了眼前的鸟食，惺忪的睡眼一瞬间焕发出光彩。

它晃了晃脑袋，起来抖了一下身上的羽毛，小心翼翼地靠近食盒，嗅了嗅，才迫不及待地跳上去，欢快地啄食起来。

邢野显然被它的样子萌到了，弯着眼睛笑道："小吃货！"

视频电话挂断时，天已经泛起青灰色的光，几颗黯淡的星星还点缀在远空，平静地等待着昼夜交替，冷空气从打开的窗户进来，皮肤也沾染上了空气里微润的凉意。

温承书走进浴室洗澡，微凉的水冲散了他眼里仅剩的那点醺然。

从浴室出来后，他湿着头发将自己的行李整理好，换好了衣服打车去机场，路上才打电话给秘书，要她帮自己订最快一班去 C 国的机票。

秘书昨晚跟着他应酬到半夜才回去,现在明显还在睡梦中,朦胧中被叫醒订票,一时没反应过来,难得地多了句嘴:"温总,C 国的行程不是后天才……"

"改到今天。"温承书顿了顿,突然问了一句,"国内的大学国庆节放几天假?"

秘书虽有些疑惑,但还是很快回答:"一般是七天。"

"一号到七号?"

"是的。"秘书一边回答一边很麻利地帮他订好了机票,"回程的时间需要调整吗?"

"改成四号晚上。"温承书膝上放着一部轻薄的笔记本电脑,快速查看着自己接下来的工作行程安排,"和 C 国的项目负责人对接一下,把六号的会议往前挪一挪。"

"好的,温总。"

温承书将时间安排好,阖眼靠在椅背上小憩,空闲下来,这才想到他出差的话,小浑蛋该交给谁来照看,以及他对邢野许下的诺言该怎么兑现。

温承书时常觉得邢野这个小孩不像这个年龄的孩子该有的样子,身上看不出一点娇气,足够独立也足够坚强,哪怕个人社交账号已经被人扒出来留言骂了几千条,也很少跟他开口倾诉什么。

——尽管派出所的笔录上清楚地记录着这个在自己跟前

十分听话懂事的小孩是如何将人踹倒的。

但邢野又时常表现得十分依赖他，让温承书感觉好像真的多了一个弟弟似的。

邢野每天会给他分享自己身边发生的事情，开心与不开心的经历，拿不定主意的时候会问他的意见，哪怕很多时候他回复过去时那件事早就解决了。

邢野也会和他分享自己的计划。

他想养一条白色的小狗，想坐一次热气球，想买一座大房子，想要一间有落地窗的画室，窗帘要那种可以被风吹起来的白纱。

如果可以的话，他还想在画室里加一张办公桌，这样温承书工作的时候也可以当他的模特。

说完他又自顾自地笑，说自己这样是不是不太好，是异想天开。

由于工作问题，温承书不能及时回复他的消息，所以邢野常常是一个人讲话，讲完后总是很快就将这个话题结束，好像不需要他的回应。

人在顺境时常常会遇到许多刻意讨好的人，无一不是别有用心，但邢野显然不是这样。

温承书有时问他有没有什么想要的，邢野只会说没有，唯一一次还是皱着眉头跟他说想吃灌汤包，说是食堂的灌汤包从十二块涨到十六块一屉了，都要吃不起了，然后把他转过来的五千块收了，再退回四千九百八十四元，乐呵呵地跟他说"谢谢老板"。

郝飞从外面回来的时候,邢野还没起床,迷迷糊糊间听到爬床架的声响,这才睡眼惺忪地看去一眼,郝飞爬上床,脱下外套就钻进了被窝里。

"才回来啊?"邢野捞起枕边的手机,眯起眼睛看了一眼时间,"昨晚干什么去了啊?大清早的累成这样。"

郝飞趴在床上,有气无力地说:"图书馆。"

"哪儿?"邢野的睡意顿时散了一大半,看着他的眼神有些复杂,"你吃错什么药了?"

"我对象马上要考研了,我这不是每天陪她通宵泡图书馆嘛。"郝飞嘿嘿笑了两声。

邢野莫名其妙:"她备考你跟着干什么?你连个文言文都看不明白。"

"给她倒个水,捏个肩,"郝飞说这话的时候语气还挺甜蜜,"她学习的时候我就坐旁边打游戏呗,还能干什么。"

邢野忍不住问:"你对象不嫌你烦啊?"

"烦什么啊?"

"就……天天见面什么的啊。"邢野趴在床上看着他,慢慢说,"人家那么忙,又要上课又要准备考研……"

"野哥,你清醒一点,我们俩在一起还没一个礼拜呢,热恋期就烦了还谈个什么劲啊。"郝飞翻了个身平躺在床上,闭着眼睛,没一会儿又突然问,"哎,还有半个月就交稿了,你的画准备得怎么样了?"

"光忙着社团演出的事了,哪有时间准备啊。"邢野叹了口气,心说好不容易搞定了模特,结果自己先撂挑子了。

他撇了撇嘴,试探性地打开手机给温承书发微信,说自己睡醒了,问他睡得好吗。

由于温承书之前和他说十一不确定有没有时间,邢野的小长假也没做什么安排,心里还是隐约期待着温承书能突然闲下来跟他见面,这样他就能赶在假期结束前把画稿交上去。

所以趁着现在没什么事,上完假期前的最后一节早课,邢野就直接打车回了家。

温承书一直没有回他信息,这让他有些意外之余又不免心慌起来,忐忑了许久,还是在工作时间给他打了一个电话,对方却是关机状态。

想起温宜年之前说他哥不接电话大概是在开会,让邢野不要担心,如果出了什么事,跟在温承书身边的人会打电话给他,邢野这才稍稍将心放下来一点。

温承书的电话是在下午打过来的。

那会儿邢野正和邢立军讨论要不要把花园里最后几株月季刨了,种点春雪菜,以后可以拿来当腌咸菜吃。

他最近很少上网了,一上网就生气,索性把手机上其他社交软件都卸载了,只留下日常与人联系用的微信,也不想打游戏，开电脑就忍不住想去看别人是怎么说他的，索性陪邢立军干点活。

手边没有合适的工具，邢野蹲在花园里琢磨着怎么徒手把月季刨出来，刚伸手扒开花叶，抓着花茎就要拽，口袋里的手机响了起来。

他没留意，手指被月季花茎上的尖刺扎了一下，指腹顿时就见了红。

邢野疼得眉头拧作一团，小声抽了口气："嗞——"

"哎哟，扎手了吧？"邢立军正在旁边摆弄菜籽，听见声音走过来看了一眼，"你这孩子，跟你说了别上手薅。我上屋里给你拿个创可贴，你去把手洗洗。"

手上沾着潮湿的泥土，邢野用两根手指把手机从口袋里捏出来，用手腕上划着把电话接通，一边用脖子和肩膀夹着手机，一边起身去到池塘边的水龙头跟前洗手。

温承书那边有点吵，大概是刚看到他的微信，问他："放假了？在做什么？"

邢野听见他的声音就忍不住想乐，嘴角扬得老高，手上的伤口似乎都不疼了："我种菜呢。"

"嗯？"温承书愣了一下，"种什么菜？"

"春雪菜，长大了可以做腌菜，特别下饭。"邢野傻呵呵地笑，"你在干吗呀，才忙完吗？"

温承书慢吞吞地说："我刚下……"

他还没说完，似乎有什么人与他说话，打断了他的话。

邢野打了点肥皂搓着手指,安静地等着。

"儿子,家里就只有你侄子上回落咱家的这种卡通的创可贴了。"邢立军拿了两个创可贴出来,"上面有个海绵宝宝,你凑合着用吧。"

"行,搁这儿吧。"邢野抬头看了一眼,邢立军见他在打电话,搁下创可贴就走了。

他在水龙头下冲干净了手上的泡沫,把水蹭在自己衣服上,拿起夹在脖子和肩膀间的电话:"哥,你刚刚说什么?"

温承书显然已经听到了邢立军的话,问他:"伤着哪儿了?"

"手被花刺扎了一下。"邢野说。

从对面传出一声轻叹,然后,温承书问他疼不疼,邢野只觉得自己挺蠢,用手指蹭了下鼻尖,说:"没事儿,不疼。"

"怎么在家里也能受伤。"温承书说。

"没留意……"

那边又有人和温承书讲话,温承书不时用很低的声音应着。邢野听他那边在忙,也不好意思再打扰,就让他先去忙自己的事情。

前来接机的海外项目负责人曾在一次大型视频会议里见过这位总裁先生,他当时端坐在会议室中,薄唇轻抿,虽没有说话,脸上却仍透出令人生畏的威严。

他生怕怠慢,飞机落地两小时前便早早过来等着。

那位长相俊朗、身量颀长的男人打着电话从VIP通道出来,随行的只有一位提着箱子的助理,项目负责人连忙迎上去,却被对方稍显歉意地抬手止住。

负责人微怔,发觉这位温总并不像想象中那样严肃,只听他轻声对电话那边说:"好,晚点再打给你。"

挂断了电话后,男人主动向他伸出手,温声道:"辛苦了。"

负责人连忙握住他的手,诚惶诚恐道:"不辛苦,不辛苦,您千里迢迢而来才是辛苦,车已经在门口了,您请。"

下午爷俩在院子里种完了菜,又开着家里那辆新能源小汽车去市里逛了趟超市,晚上懒得做饭了,索性就直接在院里支了架子吃烧烤。

十月的夜风裹着凉意。

邢野把插在头发上的筷子抽下来,抬手把脸上的碎发拨到一边去,叫了声:"爸。"

"嗯?"邢立军嘴里叼着烟,麻利地把鸡翅翻了个面,刷上烧烤酱,"咋啦?"

"今儿大礼拜天的,怎么也不见你出去打牌了?"

"这不是你回来了吗?"邢立军说,"老子陪儿子有什么问题吗?"

邢野抬起眼皮看了他一眼,邢立军递过来一串烤得冒油的鸡心。

"你最近上网了没?"邢野接过来,漫不经心地从铁签上叼下一颗鸡心,"儿子上新闻了,你知道吗?"

"多稀罕啊?"邢立军好笑地看了他一眼,"又不是头一回。"

邢野皱了下鼻子,问:"你怎么不骂我?"

"咋,那么些人骂你,你还没被骂够啊?"邢立军把烟嘴递到嘴边抽了一口,嗓音听着有些混浊,"虽说我也看不懂你们小年轻玩的玩意儿,但我知道我儿子不是那样的人。"

邢野嚼着烤鸡心,喉咙发紧,嘴里也有点苦,他含混地问:"我是什么样的人啊?"

"你啊。"邢立军微微眯起眼睛看他,"你打小就聪明,也懂事,虽说歪点子多得你那脑袋都快装不下了,但是做不出什么出格的事,这点信心你爹还是有的。"

邢野垂眼看着他面前的烤鸡翅,鼻翼微微翕动,憋了半天,最后还是没绷住,慢慢红了眼眶,他放下签子,抽了张纸按在眼睛上。

鸡翅上渗出的油滴进烧红的炭里,发出滋滋的响声。

邢立军叼着烟,把烤好的鸡翅放在他面前的盘子里:"难受了?"

邢野吸了下鼻子,嗓子有点哑:"一直都挺难受的,就是不知道跟谁说。"

邢立军在他对面坐下,从桌子底下拿了瓶二锅头:"喝两杯?"

"行。"邢野把杯子递过去。

邢立军把酒给他倒上，没抬眼："我看你一天乐呵呵的，当你多想得开呢。"

"也没那么想不开，就是有时候觉着挺憋屈的，尤其看见你这礼拜天在家待着。"邢野把杯子收回到跟前，"是不是叫人笑话了？"

"还怪我了？"邢立军笑了。

"是啊。"邢野耍赖，"那你不出去钓鱼，我好不容易回趟家，连个烤鱼也吃不上。"

"你这孩子，下午在超市不说想吃鱼，回家净'作妖'。"邢野弯着眼睛笑。

"我还想问你呢。"邢立军拿起筷子夹了颗花生米，"最近忙什么呢，周末放假也不回来看老爹。"

"找了个兼职，帮人拍拍照片。"邢野说。

"哟！太阳打西边出来了？我是短你吃了还是短你喝了，怎么跑出去兼职了？"

邢野含糊道："哎，不是，我就是给朋友帮个忙。"

邢立军也没多问，给自己把酒斟满，笑呵呵地朝他举过来："儿子大了，有秘密了？"

邢野从小到大就没跟邢立军撒过谎，反正考试考得差了就下次努力，想去玩记得早点回家就行，哪怕是在学校打了架，被请家长，回来也顶多就挨两句骂。

他也没想着真的瞒老邢什么，拿起酒杯跟邢立军碰了一下，抿了口酒，这才慢吞吞地开口："爸，我最近认识了一个很好的朋友。"

"嗯，好事啊。"邢立军没太大反应，只是问，"什么样的人啊？"

邢野想了想，说："成熟、稳重，还很温柔，就像个大哥哥一样，很照顾我。"

"是吗，那等他有空了请来家里坐坐啊。"邢立军又有点纳闷，"你在哪儿认识这么一个人啊？"

"人家忙着呢，哪儿有空啊。"邢野揉了下鼻子，叹气道，"这不是学校要举办画展了嘛，他是我的模特，我软磨硬泡好几个月才说服他来帮我忙，结果这都快截稿了，我连笔都还没动过呢。"

"求人帮忙呀，当然要看人家的时间了，这事不能强求。"邢立军玩笑道，"实在不行你就换个人当模特嘛，要不你画老爸，老爸给你当模特。"

邢野哈哈一笑："您可拉倒吧。您长得太帅了，我怕闪瞎我们学校那些人的眼。"

邢立军也顺着他的话笑道："这话说得也对，你就是遗传了你爹的颜值。"

"既然这样，你就好好跟他商量，看看他什么时候有时间再约嘛。实在不行，你就换个时间段去画画，不要打扰到人家，不一定非要等到他空下来。"邢立军给他出主意。

邢野点了点头："嗯，我也是这样想的，不行的话，我这几天就找他去。"

"也得先跟人家说一声,别莽撞。"邢立军说,"交朋友嘛,要学会体谅对方,互相理解。"

"嗯,我知道。"

第十章
指尖

晚上洗完澡，邢野从浴室里出来，见搁在床上的手机亮着，头发还没擦干，就啪嗒啪嗒地踩着拖鞋跑过去拿起。

温承书的电话刚好挂断，邢野又拨过去，对面很快给挂了，发了条微信问他方不方便。

他按住语音说："当然方便啊。"

语音刚发过去，对面的视频就拨了过来。

视频还没接通时，邢野就已经抑制不住嘴角的笑意了。他看着屏幕上弹出的画面，声音轻快："晚上好。"

对方的网络似乎不是太好，视频有些卡顿，画面正停在温承书因手机拿得极近而放大的一双含笑的眼眸上，声音倒是没有卡。

"头发怎么不吹干？"

"刚洗完澡就听到电话响了，还没顾得上。"邢野捧着手机趴在床上，"你忙完啦？"

"暂时忙完了。"温承书说，"傻笑什么呢？"

邢野看着卡住的画面里的眼睛，开玩笑道："在数你的睫毛。"

"嗯？"

"你那边卡住了！"

"是吗？我切换一下网络。"

对方的画面很快恢复正常，邢野眼里的笑意却淡了些，他看着画面里的温承书穿着整齐，背对窗户坐在沙发上，从只拉着薄纱帘的窗户透进来明亮的自然光。

——那里是白天。

"……你在哪儿啊？"邢野怔怔地问。

"C国。"

"出差吗？"邢野问，"什么时候过去的？怎么没听你说过啊。"

"昨晚的航班。"温承书说，"上午没回你消息就是因为还在飞机上。"

"……哦。"邢野闷闷地应了一声，心口倏然有些堵，原本攒了满肚子的话一下都说不出口了。

突然有些烦躁。

虽然不至于生气，但是……这种计划被打乱的感觉，糟透了。

温承书很快察觉到了他情绪上的变化，耐心地追问了几次，邢野才不情不愿地小声说："本来打算这周放假去找你画画的。"

"嗯？"温承书愣了片刻，"什么？"

"……画展啊。"邢野有气无力道，"还有半个月就要截稿了。"

温承书这才后知后觉地明白过来他不开心的原因，过了一会儿，问他："生气了吗？"

"没有生气。"邢野摇了摇头，慢慢从床上坐起来，"怪我自己没安排好时间，之前一直在忙别的事，耽误到现在才开始着急。"

"……抱歉。"温承书揉了揉眉心，"我把要给你做模特的事情给忘了。"

"哥，你现在有时间吗？"邢野在心里计算了一下时差，那边现在是中午，温承书应该是空闲的。

果不其然，对面的人说："有，你想现在画吗？"

"嗯，可以吗？"

"当然。"

邢野眨了眨眼睛，看着视频里的人有片刻的怔神。

温承书的神情没有他想象中那么不耐烦，反而对他的要求很配合，让他突然有些愧疚了。

他鼓了鼓腮帮子，双颊像瘪了的气球般，低声说："要不还是算了，一时半会儿也画不完，还要耽误你的时间。"

"要很久吗？"温承书问。

邢野抬起眼睛看了看他，小声地问："嗯，你一会儿是不是还有事情要忙？"

温承书顿了顿，说："对，还有个会要开。"

"好吧。"邢野嘟着嘴，佯装不满地给彼此找了个台阶下，"那等你回来了，留点时间给我。"

"好。"温承书看着他说。

见他答应得这么爽快，邢野咧嘴笑了起来，细长的眼睛弯成一道月牙，有些不好意思起来："嘿嘿，其实也不用特意留时间，你忙的时候我就在旁边画就好了，不会打扰你的……"

温承书手肘抵在沙发扶手上，无奈地笑笑："好，等我回去。"

十二点刚过，手机上传来频繁且急促的振动，把刚入眠的邢野从睡梦中吵醒了。他又困又烦地摸到手机，拿到眼前看了一眼，亮起的屏幕里还不断有消息弹进来。

嗡——

［郝飞］：野，你睡了吗？

［郝飞］：快起床！别睡了！

嗡——

［辰姐］：先生大义啊！

［辰姐］：我佩服了！

嗡——

［路人甲］：哥，你也太帅了吧！

［路人乙］："校花"真牛！

邢野一头雾水地刷下来，只觉得这一排感叹号闪得他眼睛都快要瞎了，才终于在最下面看到一条看得懂的消息。

［苗苗］：快看微博！

邢野迷蒙的意识顿时清醒了几分，猜想到事情可能有反转，连忙去下载微博，等待下载期间缩在被窝里咬着拇指尖儿瞎捉摸。

——难不成是有人拍了全程视频？

——还是说有人猜到了主题立意？

邢野眼巴巴地盯着屏幕上的进度条，主界面跳出下载完成的黄色图标时，他的心跳也忽然加快了速度。

他从床上坐起来，有些紧张地戳开微博，快速回忆自己微博小号注册用的是哪个邮箱。

还没等他回忆起来，微博的动态开屏就跳出一排极具设计感的艺术字——

如果世界颠倒，你还会冷眼旁观吗？

邢野整个人怔住，看着开屏视频里逐渐出现的艺术字又倏然破碎，紧接着画面里出现了一张被装进取景框里的脸。镜头慢慢推远，那张既熟悉又陌生的脸庞也愈发清晰——在这种突如其来的状况下看到自己的感觉有点奇怪，但脑袋里又是一片空白，他什么也想不出来，只能茫然地盯着画面看。

这是邢野先前在摄影棚拍摄时，被别人录制下来的视频。他身上穿的是一件款式非常简单的浅灰色线衫，衣服宽松，针脚也稀疏，隐约透出他过于白皙的肌肤，近乎及腰的长发做了自然蓬松的微卷，有几缕发丝凌乱地垂在肩头。

那天夜里为了赶进度拍到很晚，他累得不行，笑了一天的脸酸到几乎连表情都快挤不出来了，好在于琰对他也算体恤，只要求他状态自然点就好。

视频经过了剪辑、调色以及配乐，从他开始侧身面对着镜头，微微扬起下巴，到最后定格在他面无表情地看向镜头时略微眯起的眼睛上。

视频总时常才不到五秒，播放结束后便自动跳转到微博页面。

邢野盯着登录界面愣了一会儿,将微博后台关掉,重新点击进入,开屏没有变化,还是自己的脸。

——他,在干什么?

邢野盯着屏幕右上角那个极不显眼的品牌 Logo,下意识地伸手用指尖在屏幕上摩挲了一下,微博很快自动跳转进入一个图文页面。

——不是品牌官网。

他疑惑着皱了下眉,手指滑动页面下翻。

被锁住的黑熊,拿着鞭子出现的驯兽师。

被锁住的男孩,套着熊头面具的人。

详细的图文讲解与动物保护宣传占据了几版页面,对断章取义与网络暴力进行了有力的批判,文章中虽没提及任何新闻媒体,无形中还是狠狠打了那些做不实报道的新闻媒体人的脸。

邢野快速浏览了一遍图文内容,一直翻到页面底下,才终于在文章结尾看到一句话是关于品牌新品的线上折扣活动。

这让他有点想笑,想问温承书为什么不和他商量就把他的模特费捐了,又想问温承书这样做宣传真的不会赔钱吗,还想问温承书干吗要一次性得罪这么多媒体。然而,他鼻子酸得厉害,根本笑不出来。

他轻轻吸了下鼻子,这才切进微信去看社团群里的消息轰炸。

[郝飞]：有钱真好，温宜年，你哥还缺弟弟吗？

[王辰]：同问。

[李苗苗]：同问。

[李苗苗]：不是……咱哥还缺妹妹吗？

温宜年发了一个"皱眉"的可爱表情包。

[邢野]：不缺，不缺，有我俩就够了。

温宜年又发了一个"卖萌"的表情包。

[郝飞]：不是够了，是够够的了。

[邢野]：你就酸吧，可劲儿酸。

邢野在群里跟他们贫了几句嘴，关闭了微信消息提示，躺回床上，睁着眼睛瞪着天花板发了会儿呆，又没忍住捞起手机给温承书发微信。

[野生的小野]：哥。

邢野还发了一个"可怜"的表情包。

温承书的消息很快回了过来。

[Wen]：还没睡？

[野生的小野]：醒了。

过了不到一分钟，温承书发过来一张图片，是两条同色不同款的领带。一条上烫着暗蓝色的斜条纹，一条上是立体的竖条纹。

[Wen]：那帮我选一条？

邢野感觉眼睛有点涩，不知道是由于关灯玩手机还是别的什么原因。他从被子中伸出手揉了下眼睛，按住语音说：

"……你干吗啊?"

他鼻子有点堵,嗓音也闷闷的,温承书大概是听出来了,电话立刻打了过来。

他接起来:"喂。"

"怎么醒了?不舒服?"

"没有,刚刚被手机吵醒了。"邢野顿了顿,"他们让我去看微博。"

停顿了一会儿,温承书像是这才想起广告投放的事情,先主动认错:"今天事情太多,忘了宣传日期,没能提前和你说……"

邢野轻轻笑了两声,打断他:"你真好。"

温承书说了一半的话停下来:"嗯?"

"谢谢你,哥。"邢野的鼻音有点浓,声音也低,听起来却很开心,"谢谢你为我做的这些。"

电话里安静了下来,耳边只听到彼此平缓的呼吸声。

半天,温承书低低地嗯了一声,说:"你开心点了?"

邢野合着双眼,侧身躺在床上,笑起来:"嗯。"过了好一会儿,又说,"我选第一条。"

"什么?"温承书微怔。

"斜条纹的那条,我觉得那条比较好看。"

飞机落地前,舱内响起广播报时,邢野才突然开始反省自己是不是有点冲动了——深更半夜背着画板搭红眼航班跑这么远，也是厉害了。

但是，来都来了。

邢野轻轻吐了口气，在心里给自己鼓劲。

一方面，他确实是为了参加画展的作品；另一方面，温承书默默地帮了他这么大一个忙，他实在有些坐不住，恨不得立马闪现到对方面前对其大恩大德表示感谢。

飞机平稳降落后，他把手机开机，温承书两个小时前发来微信说已经在回酒店的路上了，问他起床了吗。

邢野不安地咬着下嘴唇，打字回复：我刚睡醒，哥，你休息了吗？

温承书没回，邢野稍有些失落地猜想他可能是睡了。

温宜年回了消息过来，让他放心，说房间号是找温承书的随行助理问的，不会有错。

凌晨的机场依然灯火通明，让邢野躁动的心逐渐平静下来了。

凌晨登机前，国内还有些冷，他特意穿了件带绒毛的白色毛衣，仍是单薄，勉强可以御寒。不料下了飞机竟热起来，他正懊恼着自己忘记查这边的天气，又因为仓促没带换洗衣物时，口袋里的手机振动了一下，是温承书发来的消息。

[Wen]：还没有，这边刚过十二点。

[Wen]：等一下就休息，别担心。

邢野担心露出马脚，有点不敢回话了。他拉起袖子，露出细白的胳膊，到机场门口打了辆车。

上了车又按捺不住心中的激动,他捏着手机小心翼翼地回复:你在房间吗?吃饭了吗?

点了发送以后,他又忍不住忐忑——

温承书会不会打电话过来?

万一发了视频呢?

接还是不接?

邢野在心里给自己找了好多拒绝通话的借口,结果温承书并没有给他应用的机会,过了好半天才回复:在房间,吃过了。

从机场到酒店用了将近一个小时。

邢野下车的时候心里还有点慌张,但当他从电梯里出来,脚下踩着厚实的地毯,数着长廊中的门牌号一点一点接近温承书的房间时,恍然察觉到自己心里的那点紧张与不安早就散了个干净。

扑扇着长长的睫毛,琥珀般剔透的眼眸中似有光流动,脚下不禁加快了速度,最后几步甚至是小跑着过去的。

他深呼吸,极力压下了嘴角的笑意,抬手敲门。

房门被叩响片刻,里面传出清冷而熟悉的声音。

"哪位?"

"客房服务。"

邢野的英文讲得不算蹩脚,但还是使用了中文回答,甚至没有刻意压低或是捏着嗓子伪装声线。

他不怕温承书听出来。

听到套间内逐渐靠近门口的脚步声,邢野悄悄躲到门边。

门开得很快,高大挺拔的身形挡住了房内大半的光,邢野一下跃到那人面前,叫道:"Surprise(惊喜)!"

温承书背光而立,高挺的鼻梁与流畅的下颌线让他的面容看起来有些凌厉,立体的眉骨在眼窝处形成小片阴影,眼窝中的双眸因而显得更为深邃,目光停在门外之人的脸上,流露出一丝疑惑。

"你怎么来了?"

邢野原本在路上想好的那些感谢的话,在看到温承书的这一刻都被他忘在了脑后。

愣了半天,他才开口:"我是来……谢谢你!"

温承书声音里含着笑意:"里面还有人在。"

邢野朝他身后看去,房里茶几两侧的沙发上坐了几个人,正整齐划一地埋着头。

邢野的大脑空白了几秒,怔怔地问:"你们……在干吗?"

"开会。"温承书看着面前呆住的小孩,有点想笑,极力忍住了,向他解释道,"晚上有些突发状况,所以要开个临时会议。"

眼前"让我们来比一比谁更尴尬"的状况让邢野的大脑停止了正常运转,不知道该说什么,更不知道该怎么做,无措中竟有些腿软。于是在当场给大伙表演磕头前,他二话不说地转头就往外走。

温承书转头对下属们沉声道了句"稍等",就哭笑不得地跟了出去,就见邢野靠着门口的墙边蹲着,扯起宽松的毛衣下摆包住膝盖,将自己缩成一个毛茸茸的白团子,他的画板立在旁边。

温承书没忍住,很轻地笑了一声,微微清了清嗓子,在他面前蹲下,明知故问道:"来采风?"

邢野的鼻尖闷在厚毛衣里,声音很低:"要截稿了,你明明知道……你先进去开会吧,不用管我。"

温承书强忍住笑意,温声安慰他:"辛苦你这么晚跑一趟了。"

邢野小声对他说:"你先忙吧,我……我不打扰你了。"

"没关系。"温承书又笑了,"可能要你等我一会儿了。先跟我回房间?"

邢野很乖地点了下头,却没起身。

"怎么了?"温承书耐着性子问他。

"……你,你先进去吧,我东西好多,要收拾一下。"邢野指了指身边的背包和画板。

房间里还有人等着温承书进去开会,温承书点了点头,示意他进门时小声些。

邢野说好。

温承书回到客厅里,在空着的单人沙发上坐下,神色自若地拿起刚才随手搁在桌上的企划案。

两侧沙发上的几人悄悄抬眼相互对视，项目执行总监迟疑了片刻，率先开口道："那个，温总，我们今天的会议要不要先……"

温承书抬头看着他，毫无波澜的眼睛里看不出一点情绪。

执行总监以为他是在苛责自己的不专业，脑门上的汗顿时就要往下滴。

温承书淡淡地将目光收回，平静道："把今天原定的内容讲完。"

"好，好。"执行总监悄悄抹了一把汗，给旁边的人使了个眼色，那人会意，继续讲起会议中断前的话题，说话的语速却明显比先前要快上许多。

温承书自以为认真地听着，却不知自己不时往门口瞟的眼神早被众人捕捉到了。

他收回目光时无意中扫过面前齐刷刷看着他的几双眼睛，眉眼间稍显不满，几人立刻眼神收敛，正襟危坐。

房门被极轻地推开时，温承书再度抬眼看过去。

小孩特意放轻动作，侧身从门口进来。

他微微垂首，没敢抬头往客厅看，转过身轻手轻脚地把门关好，埋着头朝关着的木门走去，按住把手开门的同时才听温承书说："那里是洗手间。"

邢野觉得今晚就是老天爷专门用来整他的，尴尬极了。他在心里暗骂了一声，不露声色地把门关上，其实心里恨不得在面前挖个洞钻进去。

给自己做了足足五秒的心理建设,他这才转过头:"那个,房间在哪儿……"

一扭头,他就撞上了温承书那双带着戏谑的眼眸。

温承书是故意的。

他就是想嘲笑我!

太过分了!

邢野撇着嘴,似怒非怒地瞪着温承书,接着眼神慢慢软下来,求助般地望着他。

温承书这才抬手给他指了指房间的正确位置。

邢野便迅速埋下头匆匆钻了进去。

温承书对从邢野进来就自动静音的下属们说:"继续。"

会议在半个小时后结束,茶几两侧的几人明显如释重负地将挺直的身板放松下来,接着迅速从沙发上弹起来,向温承书道别。

温承书点头,目送他们离开,起身回到房间。

房间里的灯开着,却不见人,温承书脱下外套随手搭在沙发背上,朝套间的里屋走了过去。

邢野正蹲在地上收拾自己带来的绘画用品,似乎没想到他会这么快回来,眨着眼睛怔了下神,细声细语地问:"你忙完了吗?"

温承书愣了愣,看着他摆了一地的东西,不确定地问:"现在就要画吗?"

"可以吗?"邢野满怀期待地望着他。

此地向来多雨,绵绵细雨浸润了整座城,偶尔雨停,空气里也带着淡淡的潮意。

邢野架好画板,从背包中取出画纸,又将颜料依次排开。

温承书摘下腕表,将系了一天的领带稍稍松了些,饶有兴趣地看着他的一举一动,问:"我该怎么做?"

邢野在房间里扫视了一圈,又将目光放回颜料上,思考着自己要表达的感觉。

稍稍思索后,他指了指窗前的沙发,示意温承书可以坐到那里去。

"我看看啊。"邢野说,"挺好,要是白天就更好了。"

温承书在沙发前坐好:"那要不等……"

"算了,不等了。"邢野佯装埋怨地说,"哥,你这么忙,再等就不知道要等到什么时候了……就这样吧,反正一时半会儿也画不完,今天先画个大概。"

温承书无奈地笑笑,说了声"好",端坐在沙发上,背挺得笔直:"我怎么坐合适?"

"嗯……"邢野思考了一下,"你斜着靠在那儿就行,怎么舒服怎么来。"

落地窗前垂着薄薄一层粗亚麻质地的白色窗帘,被夜风吹起,飘向那张罩了白色绒布的沙发。

房间里的灯光很亮,温承书斜靠在沙发上,抬手抓住吹到眼前的窗帘，正要扯到一旁，突然想到什么，转过头问："需要把窗帘拉好吗？"

对面画板后的邢野摇了摇头，把鬓边的头发别到耳后，从旁边的架子上抽出一支勾边画笔："不用，你做你自己的事就好。"

温承书点头，随手把窗帘搭在沙发背上，拿起刚才放在一旁的工作提案，半倚在沙发扶手上继续看。

他修长的手指本是微弯着，许是看到什么令他不满的内容，微微皱了皱眉，指尖有一下没一下地在文件夹背后轻轻敲着。

邢野一条腿踩在凳腿间的掌上，手肘撑着膝盖，托腮看着温承书，听着耳边舒缓的音乐，指间夹着画笔在腿上轻轻打着拍子。

温承书毫无预兆地抬头，猝不及防地撞进邢野的眼里，邢野的目光也没躲开，若有所思地注视着他。

温承书眉头微微扬起："怎么不画了？"

邢野思考了一下，走过去将温承书身侧那盏阅读灯打开，淡黄的光线打在温承书拿着文件夹的手上，将他本就好看的手部线条勾勒得更加完美流畅。

邢野全神贯注地挥动着画笔，每一笔都充满了他对艺术的热爱。

做模特对于温承书来说，是一次十分新鲜的体验。他时而翻阅文件，时而抬起头好奇地看向邢野。邢野脸上露出他从未见过的认真与沉着的神情，好似已经完全沉浸在自己的世界里，不会受到外界的任何干扰。

邢野目光炽热，仿佛整个灵魂都与这幅作品融为一体。他的笔在画布上自由舞动，像一只翩翩起舞的蝴蝶。

随着每一笔落下，画布上的颜色渐渐丰富起来。温承书的手部特写慢慢跃然纸上，每一个细节都被邢野精心描绘。

皮肤上的纹理、指甲的形状、手指的长度和弯曲度都被刻画得栩栩如生。

然而，邢野似乎对自己的作品并不满意，时常停下来发呆，又拧着眉在画纸上修改。

邢野在C国待了几天，温承书比他想象中还要忙，大多数时间无法早归，但温承书很细心，总是不忘让人避开他的忌口，每天准时准点把餐食送到房间里。

温承书常常到深更半夜才裹着一身寒意回来，然后把等他等到在客厅小沙发上睡着的邢野叫醒。

邢野从不闹脾气，看到他回来就高兴地跑去画架前，正如他之前所说的那样，不会主动给温承书添麻烦，以温承书的时间为准，温承书什么时候有空，他就什么时候画。

温承书是信守承诺的人，答应了给邢野当模特，便耐着性子由邢野安排，可谓是再合格不过的"摆件"。

而温承书也意外地发现，邢野好像比他想象中更有耐心，从开始准备画展作品起就在房间里握着笔杆，一待就是一天。

在酒店里待了快一周，邢野的精神很好，身体却先一步拉响了警报。

房间里的窗帘紧紧拉着，灯也没有开，邢野不知道时间，也不知道自己睡了多久。

他从被窝里慢慢撑着床坐起来，绒被掉落在腰间，先是感觉到冷得厉害，又感觉口干。

昨晚他突然发起烧来，焐在被窝里出了一身汗。温承书在忙，他也不愿意主动打扰。

昏沉的大脑里最后的印象是温承书从门口走进来，接着一双温热有力的大手扶他起来。他的嗓子痛得好似吞过刀片，眼皮也被热气熏得发沉，张开嘴连声音都发不出来，只能眯着眼睛把药吃了，又喝了点水。

他抬眼看了下墙上挂的钟，这个时间温承书应该是去工作了。昨晚他给温承书画画的时候无意间听到他们的时间安排，这几天似乎都有很重要的事情要做。

手机不知道丢到哪里去了，邢野懒得去找，也不想打扰他。

反正温承书答应过，忙完了就会回来，他也不急这一时半刻。

他抬手拢了一把头发，黑色长发如瀑般柔顺地披散在后背上，伸手按开床头的台灯，在床头柜上看到了好几种药品。

邢野伸手拿过来随便看了看，有退烧的，也有消炎的，还挺齐全。

嗓子很痛，想喝水。脚踩在地毯上时，邢野清晰地感觉到自己的双腿还有些软。

没想到，温承书还挺会照顾人的。

邢野胡乱想着，又有些不好意思起来——

他又给温承书添麻烦了。

他扶着墙走过去给自己倒了杯温水，又慢吞吞地拿着水杯在旁边的小沙发上坐下，小口啜着水，牙齿有一下没一下地碰着玻璃杯沿，发出轻响。

小桌子上还放着温承书的烟。

邢野抱着腿窝在沙发里，犹豫了一下，抽出一支烟叼在嘴里，学着之前温承书与他视频时的模样，微微后倾靠进沙发里，扬着下巴，叼着褐黄色的过滤嘴。

邢野起身正要去开窗，温承书刚好从外面进来，愣了一下，快步走过来从他手里拿下烟，皱眉道："小小年纪抽什么烟。"

被训斥的邢野吐了吐舌头。

窗外的雨不知道何时又下了起来，雨水打在深秋里摇摇欲坠的枯叶上。

邢野看着温承书，眼睛里蕴含着浓浓的笑意："我觉得我的作品快要完成了。"

"恭喜。"温承书听出他声音里的喜悦，"那正好，先好好休息几天吧。"

邢野乖顺地点头。

邢野退烧后，偶尔一个人出门逛逛，搭环城巴士观光，或者购物，还有一天搭了酒店专车独自去附近的游乐场玩了一圈，回来后神采奕奕地跟温承书分享传说中的断轨式过山车究竟有多恐怖多刺激。

温承书认真地听他讲完，又觉得对他有些抱歉："这两天我太忙了，耽误你画画了吧。"

"你不是告诉我要劳逸结合嘛。"邢野没心没肺地笑道，"放心吧，真的不耽误，只剩一点收尾工作了，等回国我再慢慢弄。难得出来一次，我也想好好玩玩。"

温承书大概是真的累了，结束工作的那天，在酒店房间里睡了一个下午。

起初邢野还想叫他起床跟自己一起出去逛逛，看他睡得熟，也没好意思打扰，干脆也回房间睡觉去了。

到了傍晚，邢野听到卧室门被轻轻敲了两下。

邢野微微偏了一下头，半梦半醒间，嗓音里带着些慵懒与柔软，低低地回应道："在……"

"醒了吗？"温承书站在门口问他。

"没呢……"邢野半眯着眼睛，睫毛轻颤了两下又懒洋洋地合上，"才醒了一半。"

温承书笑了笑："醒了就起来吧，吃点东西。"

晚上有一场庆功宴，本来温承书是没打算去的，但邢野过来了，他的工作安排也没有那么紧凑，他作为宴会主角，若不露面有些说不过去。

被要求陪同出席的邢野难得慌张，一直到温承书让人将要在宴会穿的衣服送来，他都有些紧张。

邢野把衬衫扣子一颗一颗系好，又挑了一条搭配衣服的领带，愁眉苦脸地看了一会儿，问："哥，你会打领带吗？我总是打不好。"

温承书走过来："头发撩一下。"

邢野背对着他，拢好自己的头发，露出脖颈。

他漆黑柔软的长发从指间滑落，虚垂在后背，说："这么重要的场合，我去合适吗？"

"没什么不合适的。"温承书耐心地帮他打好领带，"今年秋冬新品的市场反馈非常好。你作为我们公司的模特，以后像这样需要你出席的场合还会有很多。"

温承书指着手边桌子上的两个领带夹，问："喜欢哪个？"

"都行。"邢野看都没看就随口应了，抬眼看着他，眉头微皱着，"主要是我谁也不认识，我怕尴尬……"

温承书神色自始至终都沉稳自如，拿起一只精致的领带夹帮他夹上，又环抱双臂自顾自地欣赏了片刻。

"下次可以考虑让你拍一组正装海报。"温承书说，"你还挺适合穿西装的，很有感觉。"

邢野有些着急地看着他："哎呀，我跟你说话呢，哥。"

"你认识我就够了。"温承书说。

大概是因为温承书一向给人的感觉很靠谱,邢野顿了顿,忽然心里就不慌了。

他扬着脸对温承书说:"那你要罩着我。"

"嗯。"温承书说,"我罩着你。"

庆功宴的举办地点就在他们所住酒店一楼的宴会大厅,甜品台一层又一层地摆着各式各样精致的小点心,水晶吊灯垂下来,亮闪闪的。

邢野没经历过这种浮夸得只在电视剧里才会看到的大场面,站在门口,经历了一番心理斗争。

他有些想打退堂鼓,转过头抬眼看了看温承书。温承书显然没领会他的意思,反而冲他轻轻笑了一下。还没等他开口,身后传来一声:"温总。"

温承书转过头,礼貌地道了声:"阮先生。"

"怎么不进去?"

来人穿着一身烟灰色西服,右胸口别着一颗略显浮夸的钻石胸针,在灯下甚是晃眼。他皮肤白净,只是稍有几分奶油气,平白让邢野觉得有些眼熟。

他的目光慢慢移向温承书身旁站着的邢野,稍稍挑眉,话却是对着温承书说的:"难得见你带了人来。"

温承书嘴角勾起微微上翘的弧度,眼睛里没有太多笑意,淡淡地应了声:"嗯。"

邢野余光留意到这些，觉得有些奇怪，抬眼看着对面的人，目光不自觉地带上了些打量的意味。对面的人却像是早已习惯了这种目光，毫不介意地任他看。

"不介绍一下？"他问温承书。

"我们公司的新人模特。"温承书又很快补充道，"我弟弟，邢野。"

那人轻声笑了一下："模特啊……"

他戏谑的语气让邢野有些不爽，微微眯了下眼睛，把对他不满的情绪也坦率地摆在脸上。

"脾气不小。"那人又笑了。

温承书唇角的笑意冷了些，温声道："小孩没见过世面，失礼了，阮先生见谅。"

那人若无其事地微耸了下肩，道了声"没事"，便推门进去。

温承书带着邢野走进去，邢野偏头在他耳边小声问："我看起来很不爽吗？"

温承书跟与他打招呼的人点了下头，脸上带着浅浅的笑意："非常不爽。"

"……"邢野无奈地笑了一下，只好承认，"好吧，那人是有点讨厌。不过我看他有点眼熟，好像在哪里见过。"

"嗯……"温承书刚应了一声，还没等他说完，又听到远远有人唤了一声："Wen？"

一个西装革履的金发男人端着香槟迎面朝他们走过来，

温承书对邢野说了声"稍等",从手边的台子上端起一杯香槟,与来人碰杯,寒暄起来。

邢野在旁边听了一会儿,其实他的英文还不错,但两个人聊天时偶尔用到一些专业名词,就让他有些云里雾里了。他只好百无聊赖地拿起旁边的小糕点小口吃着,眨着眼睛四处乱瞟。

进门时那位"阮先生"就在不远处,正与别人谈笑风生。两人的目光无意中相接,那人大方地抬手向他举起香槟。邢野迟疑了片刻,见那人还盯着自己,便呆呆地举了一下手里啃了两口的纸杯蛋糕,与他隔空相碰。

那人颇觉有兴趣地笑起来,将细长的高脚杯送到嘴边,抿了口晶莹剔透的浅金色酒液。

温承书突然轻轻在邢野背上拍了一下,邢野扭头看他,他分明正与人谈话,却不知怎么还能注意到这边的动静。

等面前的外国男人离开了,邢野才好笑地问:"拍我干吗?"

"别招惹他。"温承书把喝了两口的香槟放回桌上,带着邢野往人少的地方走,"你应该见过他。他近两年在国内发展得不错,去年有部他参演的上星的刑侦剧,据说收视率还不错。"

"嗯?他是艺人啊,怪不得。"邢野恍然大悟,被温承书带着走了两步又蓦地停下来,扭头看着他,眉头蹙起,"他是艺人?"

"嗯。"

"那他是不是就是那个，那什么……"邢野皱着一张小脸，"我怎么想不起来了。"

温承书说："他之前是我们公司的服装代言人。"

温承书带着邢野去了露台，C国此时还是秋天，晚风格外清爽。

邢野在阳台边上，手肘抵在大理石台面上，手撑着脑袋偏头看着温承书，撇着嘴说："那他对我这个态度，是因为我抢了他的工作？"

"想什么呢。"温承书帮他理了下被风吹起的头发，"你知道B.O娱乐吗？"

"好像听说过，是家经纪公司？"

"嗯。他还是B.O娱乐的幕后老板，也是C国这个合资项目的另一位出资方。"看着邢野将信将疑的表情，温承书好笑道，"他不是怪你抢了他工作，他是想挖你去他们公司。"

"啊！"邢野睁大了眼睛，"原来他是星探……"

温承书细长的手指在自己唇上点了点："嘘。"

邢野忙捂住嘴，扭头朝身后张望了一下，见没人，才小声叹了口气："唉，我还以为是因为我抢了他的工作，他才跟我这儿摆脸子呢。"

"叹什么气。"温承书扬了扬眉，看着他，"怎么感觉你还挺失望的？"

"哪有啊。"邢野傻笑了一会儿，在他含笑的目光里说，

"好吧，只有一点点……让大明星嫉妒还挺爽的。"

温承书笑道："你想当明星吗？如果想的话，我可以……"

邢野连忙打断他："不，不，不……我一点也不想。我以后可是要当艺术家的。"

露台上亮着几盏暖色的球形装饰灯，淡淡的光线从藤球的缝隙里透出来，将邢野眼下的泪痣镀上柔和的光。

温承书抬头望了望远处的沙滩，醉意渐渐浮上眼底，他问邢野："想去散步吗，大艺术家。"

邢野把被风拂上脸颊的发丝拨开，眼梢带笑，说："好啊，但你是不是喝醉了？要我扶你一把吗？"

"不用。"温承书笑笑，"这次我会走慢一点。"

番外一
画展

从 C 国回来后,温承书几乎没有时间休息,紧接着就去了其他城市出差。

温宜年对他的工作节奏早已习以为常。假期还剩几天,他在家觉得无聊,早早就打算回学校。

邢野打电话过去的时候,温宜年正手忙脚乱地收拾回学校要带的衣服。

"小年,你几点的车?"邢野那边的背景音很嘈杂。

温宜年抬头看了眼表,回答:"五点半。"

"行,一会儿高铁站见吧。"邢野说完就挂了电话。

温宜年打车到高铁站的时候时间还早,他刚下车,就远远看见邢野坐在一个巨大的箱子上冲他挥手。

"你怎么在沂市啊?也没跟我说一声。"温宜年带了不少东西,他拖着一大一小两个行李箱,走了没几步就累得气喘吁吁。

"我从机场过来的,"邢野顺手接过温宜年身上的背包,"听你哥说你今天回学校,我干脆就跟你一块回了。好家伙,这么多东西,你是回学校还是逃难啊?"

"这个是你的。"温宜年把小一点的箱子推到邢野面前,又从他手里拿过自己的背包,背回背上,"你不是秋天总咳嗽吗?我哥前几天打电话让人准备的,里面乱七八糟什么都有。有个什么化橘红,泡水喝的。我看好像还有个小型雾化器,你嗓子不舒服的时候做个雾化,能缓解一下。"

"哎哟。"邢野这下有点震惊了,他受宠若惊地接过箱子,又哎哟了两声,"咱哥这么细心呢。"

温宜年说:"嗯,我哥还让我照顾你呢。"

"让你照顾我啊?"邢野笑道,"我照顾你还差不多。"

温宜年嘿嘿笑了,挠了挠头说:"互相照顾,互相照顾。"

两个人大包小包地带了不少东西,光是过安检就花了不少时间。

坐上车的时候,邢野长出了一口气:"还是郝飞明智,每次都提前把行李寄回学校,省了多少事。"

温宜年低着头在跟谁发信息,脸上带着笑,不知道是没听见还是没时间搭理他。

"你这是什么情况?"

邢野刚一凑过去,温宜年就将手机扣回到胸前。他收回眼里的笑意,但嘴角却没收回去:"啊,我没什么情况啊。"

邢野显然不信,但看他没有要说的意思,也就没多问。

沂市和文阳挨着,坐高铁也就四十分钟的路程,时间都不够睡一觉的。

温宜年时不时地在旁边发信息,邢野没人聊天,撑着额头有点无聊,解锁手机随便看了看。

打开微信,邢野突然看到郝飞前两天给他发了个联机下棋的小程序。他顺手打开,并将其分享给温承书。

邢野知道温承书很忙,也没指望他真能陪自己下棋。分享完后,他便点开链接,准备和电脑下一局打发时间。

让邢野没想到的是，他刚点开小程序，温承书的头像就显示加入了棋局。

他赶紧发消息过去。

[野生的小野]：你没在忙吗？

[Wen]：目前没有，可以陪你下一局。

[Wen]：但应该不会下太久时间。

邢野不太擅长下棋，他一直以为这东西毫无技术含量可言，谁先用自己的棋子把对方的棋子包围起来就算赢，没想到这并不是一件简单的事情。

温承书采用的是保守战术，防守为多，不太进攻。

邢野几次感觉自己快赢了，温承书却都能轻而易举打破他的包围。

邢野皱了皱眉头，不自觉地认真起来，决定采取更为激进的战术。他主动进攻，试图打破温承书的防守。

然而，温承书的防守依然固若金汤。邢野发现自己的进攻并不能起到多大的作用，盯着棋盘有点发蒙，不知道该如何打破这个僵局。

他切换到聊天窗口，给温承书发消息。

[野生的小野]：原来围棋这么难……

他等了一会儿，不见温承书回复。

可能去忙了吧？

邢野切回小程序，准备自己再好好研究一会儿。

突然，邢野瞅到棋盘边上不知道什么时候落下的棋子，他迅速改变战略,朝那侧发起进攻。

对面的温承书似乎并没有料到邢野会看出他的破绽,犹豫了许久,新的棋子才落在一个看起来毫无重要性的位置。

温承书虽然说可以陪他下一局,实际上一直到邢野快到站了,他才下线。

邢野的微信消息响了一声,他打开手机,看到是温承书发来的。

[Wen]:下得不错。

邢野有点想笑。

[野生的小野]:看出来你在让我啦!

温承书好像在想要怎么回复,过了一小会儿,才发过来。

[Wen]:也没有故意让你,确实是一时失误。

[野生的小野]:等我练练,下次你不要再放水了。

[Wen]:好。

[野生的小野]:我要下车了。

[Wen]:东西拿好,到学校再练棋。

[野生的小野]:好。

出站后,邢野和温宜年打了辆车回学校。

温宜年一到学校就匆匆忙忙地独自走了,邢野回到宿舍放好行李,带着那张还没完成的画稿去了画室。

还有一些收尾工作,他得抓紧时间了。

邢野在画室待到晚上，社团群里一直挺热闹，邢野打开看了看，李苗苗叫大家出来聚餐，地点还是常去的那家火锅店。

其实学校附近好吃的饭店不少，但他们聚餐总喜欢来这儿，主要是因为这家店量大还便宜。

虽然郝飞总说这么便宜的肉八成是合成肉，但他们全都无所谓，反正往辣锅里一涮，也吃不出来。

"干杯！"

酒杯碰撞在一起，啤酒带着凉意流入喉咙里，邢野舒服得抖了一下，感觉浑身的毛孔都通透了。

郝飞从桌上抄起一盘羊肉往锅里下，热气熏得他有点睁不开眼，他偏着头问邢野："你十一去哪儿了？平时就你最会组局，这几天怎么连个声都不吱，不像你啊。"

李苗苗也说："就是，电话也打不通，干吗去了？最好老实交代。"

温宜年眨了眨眼："他跟我哥出国了啊，你们不知道吗？"

几人的目光顿时一齐朝邢野射过来。

"不是……"邢野有点尴尬地摆了摆手，"我搞创作呢。"

"搞什么创作要跑那么远？"郝飞狐疑地看着他。

"画展啊！"邢野低头从锅里捞了几片肉，蘸着麻酱小口咬了一口，"呼——画展这不是要截稿了。"

"难为你还记得这事儿啊。"李苗苗笑了起来，"我还以为你出了那么大的风头，有包袱了呢，大网红。"

"严谨一点。"王辰开口补充，"咱野是正经模特，不是网红。"

"对，对，对。"李苗苗举杯，"模特圈新秀，原谅我擅自给野哥降咖了。"

吃完饭从饭店出来，正赶上校北门口小吃街热闹的时候。

大概是温承书名下公司的广告确实铺得到位，回学校这一路，邢野接连被几个小姑娘认出来，才突然有了一点"红了"的感觉。

"真羡慕啊。"郝飞撇撇嘴，语气里带着点酸味。

李苗苗听到这话，凑上来给他出主意："羡慕的话，你也当网红去，每天晚上在南广场直播，跳'科目三'，到时候我给你刷礼物。"

"拉倒吧。"王辰说，"到时候你给人测评钢化膜去，看谁家的更耐磨。"

"我看行。"温宜年笑着点头。

晚上邢野和温承书打电话时提到这件事，温承书立刻否定了他的想法。

"还没开始正式投放广告。"温承书说。

邢野愣了愣——现在就已经有这么多人知道了，等到正式投放广告之后，那该怎么办……

过了一会儿，他有些好奇地问："那正式投放的话，会有多正式？不会我逛商场的时候都能看到自己的脸吧？"

"嗯，"温承书顿了顿，"天贸商厦那栋楼上的海报，这几天应该就会换掉了。"

邢野这下是真有些意外，好一会儿才说："那我可够给我爸长脸的。"

"哦，对了，"邢野突然说，"小年肯定是谈恋爱了。"

"嗯。"温承书没在这个话题上多做停留，转而问他，"化橘红喝了吗？"

"还没来得及喝呢。"邢野弯下腰，从温承书给他准备的行李箱里把东西一件件拿出来看，"你难道不管小年谈恋爱吗？"

"他这个年纪，谈个恋爱也正常。"温承书又说，"学校有保温壶吗？泡化橘红的时候记得放点金银花，去火的。"

"有，我一会儿就去泡上。"邢野说，"你这哥哥当的，你就不好奇小年找了个什么样的对象吗？"

"不好奇，我也不能什么事都管着他。"温承书说。

"哈哈哈，"邢野笑了起来，"主要是现在管我一个就够费劲了，是吧？"

"嗯。"温承书顺着他的话，说，"小年是比你省心些。"

"喊。"邢野从箱子里拿出雾化器，研究了一下说明书，"对了，哥，你怎么知道我最近嗓子又不舒服了？"

温承书说："在C国那几天，听见你总清嗓子。"

"吹空调吹的，太干了。"邢野顿了顿，又小声笑了起来，"哥，你对我真好。"

温承书笑了笑，没说话。

"跟我爸似的。"邢野又补了一句。

温承书也不恼，平静地说："我确实也不年轻了，应该比你爸爸小不了太多。"

"净胡说，你还年轻着呢！"邢野不赞同他的说法，想了想，又笑，"要不我干脆叫你叔叔？"

温承书无奈地笑笑："还是叫哥吧。"

邢野交完画稿那天，从办公室走出来，感觉空气都带着甜甜的味道。

紧绷了两个星期的神经终于松懈下来，他满身轻松，一连在宿舍躺着摆烂了好几天，任谁都叫不出门。

画展是文阳美院举办的重要文化活动之一，每年都办得很隆重。邢野从中学开始学画画，参加过的比赛不少，这次却难得有些紧张。

"天哪，这么多人！"郝飞看了一眼窗外，惊叹道，"连食堂都挤满了，这也太夸张了吧？"

"学校发了通告，说这次画展是对外开放的，早上八点就开始允许参观了。"邢野一边回应郝飞，一边快速在手机上给温承书发消息。

［野生的小野］：哥，收到我寄给你的通行证了吗？

对面很快回复了消息。

[Wen]：嗯，收到了。

"你今年的作品放在展馆差不多正中间的位置。"郝飞说。

"你怎么什么都知道？"邢野头也没抬，继续低头给温承书发消息。

[野生的小野]：你来的时候走南门就行。

[野生的小野]：最近是赏枫季，学校的游客特别多，加上今天办画展，正门估计已经被堵死了。

郝飞傻笑了一声："我不是前段时间认识了个学姐嘛，她参与今年的策展。"

邢野"啧"了一声："你女朋友呢？"

郝飞叹了口气："分手了。"

"这么快？"邢野震惊道，"上个月你们还你侬我侬的，一天二十四小时恨不得有二十个小时都一起泡在图书馆，我还以为你俩被502胶水黏上了呢。"

"你就别扎我心了。"郝飞苦着脸说，"她说天天在一起，腻了。"

邢野正笑着，手机响了。

[Wen]：好。

很快，对面的人又发过来一句。

[Wen]：小年都没想到要给我通行证。

邢野看到这条消息后，乐了半天。

[野生的小野]：我才是你亲弟弟。

温承书秒回。

[Wen]：嗯，你才是我弟弟。

郝飞看着手机，对邢野说："小年起挺早啊。"

"嗯？"邢野漫不经心地问，"咋了？"

"给咱从三食堂打包了早饭，他也挺神的，今儿食堂这么多人还跑去跟游客抢饭吃。"郝飞迅速穿好外套，见邢野还靠在床上没起来，又敲了敲他的床架子，催促道，"走了，走了。"

邢野被他催得烦了，边喊着"知道了"，边从床上弹起来。

砰的一声！

他"梅开二度"地又撞到了天花板上。

"迟早砸了它。"邢野吃痛，龇牙咧嘴地捂着脑门。

"哎哟我去。"郝飞被这声吓了一跳，"我都替你疼，我看看磕哪儿了？"

邢野脑门上很快红起一片，郝飞"啧"了一声，皱着眉头道："这估计又得起包了。你说你也真是，咱学校难得举办一次大型活动，这种认识小学妹的机会千载难逢啊，你也太不争气了。"

"我这是给你留机会呢。"邢野揉着脑门说。

"那我谢谢您。"郝飞笑道，"等我结婚那天请你坐小孩那桌。"

"滚！"邢野又说，"等我结婚那天，连小孩桌都不让你坐。"

"哈哈哈，那可不嘛，到时候我得坐你家长那桌。"郝飞笑得更加放肆了。

邢野顺手抄起床上的抱枕朝郝飞丢过去，奈何枕头的战斗力相当微弱，还没砸到就被郝飞稳稳地接在手上。

郝飞哈哈笑起来："未击穿敌人装甲——"

温承书抱臂站在摄影棚里听于琰喋喋不休地骂了半小时，手机又响了一声。

[野生的小野]：又磕着脑门了……

温承书皱了皱眉。

[Wen]：……

[Wen]：严重吗？

[野生的小野]：可能又要变南极仙翁了。

[Wen]：一会儿我让人送药过去。

[野生的小野]：不用啦，这会儿也没肿呢，一会儿要是肿了我就去医务室看看。

[野生的小野]：你过来的时候跟我说，我接你去。

邢野还发了一个"小柯基扭屁股"的动态表情包。

"你站这儿乐什么呢？"于琰在骂人的时候还不忘分出心来问他。

温承书收起手机："没什么，进度怎么样了？"

"你说呢。"于琰一肚子火，"这找的都是什么人啊，站没站相，坐没坐相，读了两年职业技术学校出来的都比这个专业……哎，说起这个，上回那小孩呢？邢野。"

"他最近忙。"

"江湖救急啊，温老总！"于琰叹了口气，接着道，"你还别说，邢野拍出来的效果就是好，虽然不是专业的，但那孩子往镜头前面一站，就带范儿，神态特别好。你看看这个，这是什么东西，当了几年野模真拿自己当盘菜了，这脾气真大。"

于琰说着还不忘指着那边显然也已经被骂急了的模特："你是什么腕儿，这么横？你是哪家经纪公司的？你自己来看看片子成吗？你看看这有一张能看的吗？拍成这样，我还没嫌你耽误我时间呢！你这么厉害还来这儿干吗啊，去拍点你那种四十五度角仰望天空装模作样的写真集得了呗。"

温承书沉默了片刻，说："我问问他吧。"

于琰双手合十冲他拜了拜，十分诚挚地说："大哥，你是我亲哥。"

今年的画展与往年不太一样，前来参观的人数是之前的两倍还多。

由于之前那场行为艺术展的"闹剧"在社会上造成了不小的影响，加上后来邢野在代言广告这件事上大出风头，许多人慕名而来。

邢野和郝飞到达时，展厅还没开放，门口已经有不少人在等候。

温宜年和李苗苗正挤在人群里，不知道在看什么，郝飞叫了几声他们都没听见。

"咖啡,喝吗?"王辰不知道从哪儿冒出来,递过来两杯咖啡。

邢野接过咖啡,说了声谢谢。

"他们在看什么呢?"郝飞接过咖啡,也探着头看向人群。

"苗苗拉着小可爱去那儿排队,申请当志愿者呢,"王辰喝了口咖啡,"不知道谁说的,当志愿者可以加学分。"

"哟!"郝飞听了,赶紧说,"那我也得去凑个热闹,我这学期学分也没修够呢。"

不等他走过去,李苗苗已经拽着温宜年从人群里挤出来了。

"加什么学分,纯粹是义务劳动!"李苗苗指着温宜年说,"也就你爱凑这个热闹。"

"我觉得挺好玩啊。"温宜年手里拿着一袋包子,看见他们,笑着打招呼,"我早上去三食堂买的,就这么多了,我都买了。"

刚才没觉得饿,这会儿闻着味儿邢野胃都酸了,赶紧从袋子里拿了一个:"哎哟,饿死我了。"

温宜年正给他们分包子,一抬头,看到邢野脑门上红了一片,愣了愣:"野哥,你头怎么了?"

"求佛求得太诚心了吧。"李苗苗笑了,"看来今天势必要拿奖啊,邢野同学。"

邢野刚把手里的包子吃完,又去袋子里拿,鼓着腮帮子说:

"拿个奖还用求佛啊？"

"看把你狂的。"郝飞"啧"了一声，"哎，你慢点吃，又没人跟你抢。"

"你不是人啊？"

"真没出息！"

"赶紧吃，快开始了。"李苗苗低头看了眼腕表上的时间，又扭头看了眼邢野，"你这脑门，处理一下吧，今天人可多，万一再被人认出来了……"

"认出来就认出来呗，我又不是靠脸吃饭的。"邢野抬头冲她抛了个媚眼，"哥行走江湖靠的是才华。"

李苗苗白了他一眼。

不等邢野吃完手里的包子，展厅门就打开了。人群一下子冲进来，瞬间变得热闹起来。

温宜年这是进校后第一次参加画展，展厅里挂满了各式各样的画作，他的心情一下子变得激动起来，跟着李苗苗往里走："学姐，你的画挂在哪儿？"

"我也不知道，"李苗苗四处张望着，"我得找找。"

"我跟你一起找。"温宜年说。

王辰摇摇头，慢悠悠地说："也没人帮我找找我的画——"

郝飞搭上他的肩膀："我跟你一起找。"

王辰笑着说："你先找找你自己的吧，别在哪个犄角旮旯摆着，再落灰了。"

"那不能，"郝飞扬了扬眉，"我今年就没参加……哎，邢野?干吗呢,还不走?"

郝飞扭头看着邢野,邢野冲他扬了扬亮起的手机:"我去接个人,你们先进去吧。"

"哥,你到了?"邢野接起电话,朝南门口走去。

温承书说:"嗯,到了,你在哪儿?"

"我在一食堂正对着的这座艺术馆门口,从南门进来直走到头,拐个弯就能看见了……"邢野正说着,一抬头就看到一个熟悉的身影沿着小路走来。

今天学校人很多,但温承书的身影还是格外引人注目。他有些反常地穿得并不正式,一件白色的毛衣外面套了件黑色的毛呢大衣,一双腿显得格外修长。

温承书步履从容,手捧着一束花,朝他走过来的时候,邢野注意到有不少目光朝这边张望。

邢野愣了愣,看着他:"你怎么……"

温承书单手拿着花,另一手拿着通行证在他眼前晃了一下,笑着说:"南门人不多。"

"这花是?"邢野还举着手机愣着,目光停在他手中那束包装精美的玛格丽特上。

温承书把花递过去,温声道:"提前庆祝你获奖。"

邢野笑了,接过来小心翼翼地抱在怀里,又扬着头问他:"那要是没获奖呢?"

"那么这就算安慰奖。"温承书说。

邢野看了他一会儿,突然控制不住地笑起来,说:"这话你想了一路吧。"

温承书无奈道:"对。"

邢野又笑了好一会儿,看着他,说:"谢谢。"

温承书面带笑意,眼神温暖而亲切:"不用客气。"

尽管邢野再三强调自己头上只是轻轻碰了一下,不严重,温承书还是坚持要陪他一起去一趟医务室。

校医务室和艺术馆之间有一段距离,要路过三食堂,再从湖旁边绕过去。

画展赶上赏枫季,学校的游客比往日还要多,散步的、拍照的、凑热闹的都有。

邢野和温承书原本并肩行走,但时不时被人挡住去路,不得不停下来避让。

慢慢地,他们拉开了距离,变成了一前一后。

阳光透过树叶间隙洒在他们身上,形成斑驳的光影。邢野跟在温承书后面,故意将枯叶踩得沙沙作响。

"怎么了?"温承书停下来问他。

邢野被旁边投来的目光盯得有些不自在,将头埋得更低。

"看来今天这场展览是为你办的。"邢野小声说。

"嗯?"温承书顺着他的视线朝旁边扫了一眼,正好对上了正在不远处拍照的两个女孩。

那两个女孩小声地"啊"了一下,连忙收回目光。

温承书看了一眼埋着头越过他身边的邢野，轻笑了一声，脚步很快跟上。

去医务室耽搁了一些时间，两个人往回走的时候，艺术馆门口已经排起了队。邢野想了想，带温承书顺着内部通道走了进去。

艺术馆今天展示了各种各样的画，邢野带着温承书一边往里走，一边跟他聊天。

温承书对艺术并不算太了解，而邢野却是个行家。温承书目光稍稍停留的画作，邢野都能耐心地给他讲出这幅画的风格与技法，温承书听得很认真，时而点头应和。

邢野突然想起了什么，转过头问温承书："你真的觉得我这次比赛会获奖吗？"

温承书看着他，笑了笑："我相信你会的。"

"你怎么这么肯定？"邢野有些好奇，问完以后又没忍住笑了起来，"因为画的是你对吧？"

温承书有些好笑地摇了摇头："我没有这么想。"

邢野被自己的揣测逗得乐了好一会儿，才又问："那是为什么？"

温承书摇了摇头，刚张开嘴，就听到远处有人冲他们喊了一声。

"邢野，温大哥，这里！"李苗苗在不远处朝他们招了招手。

温承书跟邢野朝他们走过去，温宜年凑上来，乖巧地叫了声："哥。"

温承书对他们抱歉地点了点头："我来晚了。"

"不晚，才开馆没多久。"郝飞冲温承书点了下头，又碰了碰温宜年的手臂，小声说："看这俩人，不知道的还以为温大哥是邢野他哥呢。"

温宜年撇了撇嘴，小声嘟囔："我哥现在对野哥可比对我好多了……"

正如郝飞所说，邢野的画被挂在展馆差不多正中间的位置，面前有不少人驻足。

温承书不是第一次看到这幅画，然而当他亲眼看到这幅经过精心装裱、挂在墙上的作品时，心中仍不禁一阵震撼。

本次展会的策划别具匠心，巧妙地根据作品的风格与意境选用两盏冷暖色调不同的射灯，从画框顶部自右向左照射下来。

在这样明暗交错的光影映衬下，画面中的那只手显得愈发逼真。

画仅采用黑白两色，却能够细腻地描绘出宛如真实肌肤般的纹理。画中握笔的那只手修长而不过于纤细，关节突起恰到好处，几笔简单的勾勒便呈现出血管微微鼓起的样子。虎口处的一颗小痣在灯光的映照下，乍一看是墨黑色，却泛着淡淡的青色。

"如果我没记错,今天这场画展的主题是'目光'。"温承书说。

"对。"邢野看着他,"这就是我的目光。"

番外二
久违的温暖

几个月前大张旗鼓投入的微博广告让邢野在网络上小火了一把，原本学校里不少对邢野有想法的人介意他是搞行为艺术的，想追他又有些犹豫，如今这么一来，邢野的正面形象树立起来了，"桃花"也源源不断地冒出来了。

温承书坐在车里，看着不远处的搭讪现场。

邢野拿手机扫了姑娘的微信二维码以后，还笑着把手机递过去让人备注。

温承书修长的手指有一下没一下地敲着方向盘，盯着邢野跟人道了别，把包甩在背后，笑着朝他的车一路小跑过来。

拉开车门钻进来，邢野就缩着脖子抖了抖，伸手就去开空调："冻死了，冻死了。"

温承书将车窗摇上去："刚刚在干吗呢？"

邢野略微睁大眼睛，呆呆地问："啊？"

温承书轻挑了下眉，邢野后知后觉地扬起下巴"哦"了一声，说："刚才那个啊？大学生创业啊，让帮忙扫码支持一下，好像是卖手工零食的。"

温承书顿了顿："大学生创业？"

"嗯。"邢野坐在副驾驶座上，拉开面前的储物格，拿出一包奶糖拆开，"现在有挺多学生在做这些的，可以节省平台费和门店费……"

糖球鼓在腮帮子里，邢野说话有点含混不清。

这时，副驾驶旁的车窗被很轻地敲了两下。

邢野被这突如其来的敲窗声吓得一个激灵，连忙扭头看过去，是温宜年："小年什么时候冒出来的？"

"没注意。"温承书又把车窗降下来。

也不知道温宜年站了多久，见他把车窗摇下来才低声问："哥，野哥……我站了半天也没人理我，我能上车了吗……"

邢野没控制住嗓门，冲着温宜年就号了一声："上！"

这平地一声"带劈叉的惊雷"把温家哥俩震得够呛。

车里的暖气开得足，邢野把外套脱下来放在后座，手机连接了车载蓝牙播放音乐。

温宜年抱着手机窝在后排发信息，邢野轻轻咳嗽了一声，说："咱们等会儿吃什么啊？"

温承书想了想，问："小年想吃什么？"

温宜年抬起头："我都可以，看野哥吧。"

"嗯……"邢野摸着下巴想了想，说，"要不吃烤肉？"

"油太大了。"温承书提醒他，"你最近不是胃总不舒服吗。"

温宜年刚出口的一句"好"被默默地堵了回去。

邢野看了看同样蠢蠢欲动的温宜年，试探着说："那……火锅？"

"胃不舒服也不能吃辣。"温承书又说。

温宜年的"可以"也吞回了肚子里。

"我可以吃清汤的。"邢野说完，紧接着又叹了口气，"算了，清汤的跟白水煮菜有什么区别。"

温宜年疯狂点头表示赞同。

"烧烤……"邢野瞄了温承书一眼,"好吧,肯定也不行。"

邢野说:"要不吃炒菜?"

温宜年说:"我哥觉得外面做的饭菜不健康,油盐都太重。要不然去云缱?"

邢野想起之前被鹅肝支配的恐惧,揉了揉肚子说:"我有点吃不惯西餐……"

温宜年沉默了一会儿,偷偷看了看温承书的脸色,说:"要不还是回去吃吧。"

邢野也悄悄打量了一下温承书,说:"好的。"

自始至终都平静地开着车的温承书:"……"

过了一会儿,邢野靠在副驾驶座位上乐了起来,温承书问他笑什么,他摇摇头却不回答。

邢野想到刚开学那会儿自己天天带着温宜年蹦迪、喝酒、旷课,到现在俩人都被温承书管得服服帖帖,想想还觉得挺可乐的。

邢野敲着腿,跟着音乐哼起了歌。

温承书转向的时候往他身上扫了一眼,轻声说:"别抖腿。"

邢野立刻坐正了:"好的,哥。"

冬季的清晨总是氤氲着令人生寒的淡白雾气,今天冷雾更浓,温承书这才想起昨天吃晚餐的时候听天气预报里说今天要降温。

"哥，早啊。"邢野昨晚歇在温家的客房，此刻从房间里走了出来。

温承书转过头："怎么没有拍摄你也起这么早？"

邢野打着哈欠问："我习惯了，你要去上班了吗？"

"嗯。"温承书问，"昨晚忘记问你，寒假有什么计划吗？想不想和小年一起出国玩几天？"

邢野摇摇头，抱着腿坐在沙发上，用商量的语气问他："我今天能陪你去上班吗？"

温承书看着他，轻挑了一下眉。

邢野有点尴尬，正要开口说"算了"的时候，温承书抬手在他后脑勺上揉了一把："降温了，穿厚一点。"

猜想到温承书工作的时候可能没有什么时间搭理他，邢野出门前拎了自己的双肩包，把昨天晚上买的酸奶和酒心巧克力，以及平板电脑一股脑地装了进去。临出门前，他想了想，又拿了一部游戏机塞进包里。

温承书看着他跑来跑去地忙活了一通，哭笑不得道："你是要去春游吗？"

邢野这才老实了，没再去把上次过来时没看完的漫画书拿上。他把书包背好，低头换好了鞋。

温承书从衣架上拿了一条浅灰色的羊绒围巾递给他。

邢野的脸小，厚围巾在脖子上绕了两圈，基本上就只露出了一双滴溜溜转的眼睛，眼尾带着笑意，闷闷的声音从围巾下传出来："春游小分队，出发！"

"出发。"温承书带着邢野出门,邢野把手插进衣服口袋里,两个人朝别墅大门口停着的车走去。

温承书的办公室里有沙发和休息室,但邢野还是轻手轻脚地搬起一把椅子,坐在办公桌正对面。

办公室里暖气充足,玻璃窗上蒙着一层水蒸气。

邢野趴在落地窗边,伸手在玻璃上抹了一下,视线正好能透过小片清透的玻璃望到窗外同样笼罩着茫茫雾气的天空。

楼层过高导致视线被雾气阻隔,下面是模糊的一大片,上面也一片茫茫,让人心里莫名有种踩在云朵上的不真实感。

如绒毛般几不可见的雪花轻盈地在朦胧白雾中缓缓飘落,在高空中看雪的感觉与在地上看不太一样,雪花轻飘飘的,看起来静谧而圣洁。

这是今年的初雪。

"哥,哥!"邢野盯着窗外,有些惊喜地说,"下雪了!"

温承书听到动静,从电脑屏幕前抬起眼。对面的邢野忙抬手在嘴上比了一个拉拉链的动作,又指了指他的电脑,示意他继续,自己则俯身趴在桌上玩手机。

温承书无奈地笑了笑,低头继续投入自己的工作。

小孩倒是乖,不大会弄出什么动静。偶尔有人敲门,他就默默地捧着自己的手机和平板跑到沙发上坐着,等人关好门离开,又轻手轻脚地捧着东西回来。

温承书忙完了手头的工作,抬起头看向邢野。

邢野坐在对面，耳朵里塞着一副白色的无线耳机，平板就支在温承书面前的显示器背后，不知道他在看什么，还挺专注，表情凝重，眉头紧皱。

他手里拿着一颗酒心巧克力，心不在焉地剥着巧克力外层的锡纸。

办公室的暖风开得很足，邢野的外套丢在沙发上，身上只穿了一件黑色毛衣，小脸红扑扑的，不知道是热的还是吃了几颗酒心巧克力的缘故。

见他完全没有留意到自己，温承书抬手轻叩了一下桌子。

邢野有些迷茫地抬头，紧接着满脸堆笑，把耳朵上挂着的两只耳机摘下来："你忙完了？"

"嗯。"温承书俯身前倾，双手交叠搭在桌上，"在看什么？"

"电子书。"邢野嘿嘿笑了一声，"苗苗发给我的。"

温承书摘下眼镜放在桌上，捏了捏鼻梁："讲什么的，看得这么入迷？"

"一个异世界的人穿越到正常世界的故事，还挺好玩的。"邢野看着他的动作，"你眼睛又不舒服了？"

"嗯。"

邢野从包里拿出眼药水，凑过去，抬手扶着温承书的额头，迫使他往后仰头："抬头。"

温承书自然地靠着椅背，抬起眼睛盯着邢野，问："下礼拜就放寒假了？"

"对。"邢野捏着眼药水瓶子的手晃晃悠悠，温承书的眼球也跟着转了一圈，邢野没忍住笑了起来，"你别动啊。"

温承书也笑道："我没动，是你在动。"

一滴冰凉的眼药水滴落眼球，温承书不适地闭了下眼睛，问："你放假回家吗？"

"回吧，我家离得那么近。最近周末老不回去，老邢都有意见了，昨天还打电话说我来着。"

邢野给温承书公司拍的那套服装海报效果很好，因此也继续担任了今年冬装新品的服装模特。这段时间拍摄任务比较紧张，邢野每周忙完学校的事情还要赶去摄影棚拍海报。温承书索性把家里的客房专门腾出来给邢野常住，回家少了，邢野估摸着邢立军是想他了。

"嗯，说得对。"

邢野扒开他另一边的眼皮，帮他把眼药水滴好，拧上盖子俯身把瓶子放在旁边："好了。"

"嗯，谢谢。"温承书的睫毛很密，漆黑的睫毛上沾着眼药水。

"嗯……"邢野盯着温承书的鼻梁，犹豫道，"跟你说个事儿呗。"

"说吧，什么？"温承书睁开眼，双眸水润。

"我是想着啊，你和小年要是过年没有出去度假的打算的话，要不要去我家过年啊……"邢野不太自然地耸了下肩，"反正我家也只有我和我爸，大过年的连打个麻将都凑不齐人，也怪没意思的。"

温承书微微扬眉，盯着邢野，半天没搭话。

邢野被他盯得实在别扭，索性脖子一梗，实话实说了："哎呀，好吧，其实就是我想带你回去过年。小年跟我说你们家过年挺冷清的，干脆我们四个凑在一起过呗，我们那儿是城乡接合部，还能放个烟花什么的……"

温承书笑："小柳巷那边不算城乡接合部了。"

"这是重点吗？！"邢野瞪了他一会儿，慢慢泄了气，撇开眼说，"算了，主要是我怕你和小年在家里无聊，没有一定要逼你去我家过年的意思……你别多想。"

除夕前两天，温承书才闲下来。

温宜年被他叫着一起出门置办年货的时候还有点蒙，等提着大包小包的礼品到商场地库，看到后备厢里已经摆满了营养品和保健品时，脸上已经堆满了笑。

他把手里的礼盒递给温承书，看着温承书整理后备厢，敛了笑意，假模假式地问："哥……我们这是要去哪里？"

温承书关上后备厢，随手帮温宜年把垂下来的围巾一端搭在肩膀上，转身朝驾驶位走去："今年我们去邢野家过年怎么样？"

"嗯？"温宜年微微瞪大了眼睛，拉开车门钻进副驾，努力掩饰着脸上窃喜的神情，蹭了蹭鼻子，"但是我们这样……会不会打扰到人家啊。"

温承书启动汽车的同时，从后视镜里看了一眼温宜年："邢野不是从上个月就开始给你做思想工作了吗？"

"……"

好吧。

邢野确实是从上个月就开始给他做思想工作了，从小柳巷那边过年的热闹场景讲到老邢做饭有多好吃。

自从父母去世以后，温宜年基本上没有正儿八经地过一次春节。

早几年温承书太忙，有时就顾不上过年，这种时候就把温宜年送出国陪姥姥姥爷。姥姥姥爷长年定居国外，虽说不至于不重视中国的传统节日，但在国外的春节再怎么过，氛围也难免不够浓厚。

后来他跟着温承书了，过节就更是随意，总是吃提前订好年夜饭，餐后象征性地煮点速冻水饺，拿了红包，年就算过完了。

所以当邢野和他说起小柳巷浓厚的新年气氛时，他心里自然是向往的。

只是没想到温承书竟然真的会答应。

温宜年用余光悄悄打量着开车的温承书，然后低头跟邢野聊微信。

除夕下午，邢野搬了一架梯子放在院门口贴对联。

邢立军把多熬的糨糊盛了几碗拿去分给邻居，回来的时候就见一辆黑色的宝马拐进这边的小巷子里来。

"哎，哎，别进了。"邢立军随手把剩下的一碗糨糊搁在地上，起身迎上那辆车，"过年这两天巷子里车多，你这车太大了，开进来就难出去了。"

小柳巷在老城区，街里街坊的都一起住了几十年，熟得不能再熟。

邢立军是巷子里典型的热心肠，寻思这会儿来的多半是探亲的，都不是外人，也没客气，敲了敲车窗，朝车里开车的人说："老弟儿，倒出去，沿着那条路往前开，拐进一个胡同，那边车少，好进好出。"

车里的人礼貌地道了声谢谢，慢慢将车往巷口倒。

邢立军跟在旁边帮他看着两边："你这车挺贵的，这大过年的可得往里停停，这里的小孩都像皮猴儿似的，别再给剐了蹭了，怪让人心疼的……哎，方向往左打点，哎，过去了。"

等车从巷口倒出去以后，邢立军还特意站在路口看了看，确定这车按他说的拐进了胡同，才背着手慢悠悠地往家走。

邢野正跨坐在梯子上嗑瓜子，看到邢立军过来，把手里的一把瓜子皮揣兜里，冲他喊："叫你半天了，哪儿去了？"

"给人指个路。"邢立军仰头瞅他，"叫我干啥？"

"没有横批啊。"

"落屋里了吧，我去给你拿。"邢立军一边往屋里走，一边说，"你先下来吧，坐上头别摔了。"

"爬上爬下好几趟了，我歇会儿。"

邢野说着话，兜里的手机响了一声，他坐在梯子上，伸直了一条腿，把手机掏出来，刚一看到屏幕上的来电显示就笑了，很快接起来："喂？"

电话那头传来温宜年的声音："野哥！新年快乐！"

"新年快乐啊，小年！你哥呢？"

"我哥在车里拿东西，让我先打电话跟你说一下，我们到了。你家在哪儿啊？"

"到了？这么快？"邢野看了一眼手机上的时间，一边匆匆下梯子，一边说，"我去路口接你们。"

"我们吃了饭就过来了。我哥来了，我让他跟你说。"

"行。"邢野从梯子上下来的时候，一不留神，一脚踩进了刚才邢立军随手放在地上的糨糊碗里，"哎！"

温承书刚接过电话就听到对面这一惊一乍的动静，问："怎么了？"

"没事儿，没事儿，没事儿。"邢野皱着眉头盯着自己新买的球鞋上黏着的糨糊，内心有点崩溃。

他在兜里摸了摸，只摸到一把瓜子壳，没找到纸，只得甩了甩脚，连蹦带跳地朝路口跑去："你们到哪儿了？"

"到巷子口了。"

温承书的身影出现在巷子口，他今天穿了一件黑色的呢子大衣，衬得肩宽腿长。

邢野刚一看见他，就笑得眼睛眯成了一条缝："老温！我看见你了！帅！"

"我今天……看上去很显老吗？"温承书笑了，接着声音微微顿了一下，"你脚怎么了？"

邢野乐呵呵地朝他冲过去，见他们手里拎了大包小包的礼物，他随手接过温宜年手里的东西："你们怎么还带这么多东西？"

温宜年在学校跟邢野他们混久了，彼此之间说话也口无遮拦，哈哈笑道："空着手怎么好意思来讨红包。"

"噫——那你一会儿可得好好给我拜个年。"邢野玩笑道，转过头就见温承书在一旁抿唇轻笑，并未反驳。

邢野搭着温承书的肩膀，笑着说俏皮话："哥！新年快乐，红包拿来。"

"新年快乐。"温承书从口袋里掏出红包，塞到他手里，低头朝他脚上看，"脚受伤了？"

"没有，刚刚踩了糨糊。"邢野哭丧着脸说，"啊，我的新鞋——不过还好有哥给的大红包，可以买新的啦。"

"那我背你回去？"

邢野一个激灵弹出半米外，大笑道："走了，走了，快回家！我爸炸了小黄花鱼，就等你们呢。"

温宜年追上去，跟在邢野屁股后面："哥，你昨天说的那个猪头形状的蒸糕还有吗？"

"有啊，给你留着呢。"邢野蹦着往家里走，"苗苗家离我家挺近的，明儿晚上可以叫她一块来放炮……嘿嘿，你脸红什么？"

"我哪有！"

"早知道是来我们家的，就让你把车停在院里了，还让你们开那么远。"邢立军把刚从屋里找到的横批塞到邢野手里，转头去招呼客人，"你们来就来，怎么还带这么多东西，太客气了，快进屋吧。"

"等会儿，我去换个鞋！"邢野火急火燎地把横批塞回邢立军手里，扒开挡在面前的温承书，一溜烟蹿进屋里。

"这孩子。"邢立军无奈地看了看邢野，扭过头热情地问，"今天除夕，高速上车多吧？晌午饭吃了吗？没吃的话我给你们弄点，上午才炸的小黄花鱼，特别香。"

"我们吃过了，邢叔叔。"温宜年笑着说，"野哥中午就给我发照片了，还有蒸糕，小猪样子的，好可爱啊。"

"邢野非得自己捏，蒸了一大锅，丑死了，送都送不出去。"邢立军随手把横批搁在梯子上，领着两人进院子。

温承书抬头看了看院门口，见还没贴横批，就把手里的东西递给温宜年，拿起对联："我来贴吧。"

温承书撩开大衣下摆，踩着梯子上去，邢立军挺不好意思地站在旁边扶着梯子："嗐，哪有让客人干活的，小野也真是……"

邢野换了双鞋，洗了把手，从楼上下来，温宜年正一个人端坐在客厅沙发上吃蒸糕。

275

邢野把手腕上的发圈摘下来，拢起长发扎在脑后："你哥呢？"

"跟叔叔在院子里看鱼。"温宜年说着，指了指外边，指到一半突然想起什么，笑了起来，"哥，你家院子里为什么摆个雕像啊。"

"装呗，别人路过一看就知道我们家是搞艺术的。"邢野从茶几上的盘子里捏起一只炸小黄鱼，转身朝外走，"我去看看他们。哦，对了，电视柜下面有PS4，你想玩就自己插一下，别客气，就把这当自己家。"

邢野从屋里出来，就看到温承书和邢立军两个人正背对着他蹲在池塘边上，温承书一边听老邢说话，一边不时地点头附和，像极了他初中时听老师训话的样子。

邢野靠在门边看着两人乐了一会儿，才扬声冲他们喊道："这么冷的天儿，你俩蹲院子里干啥啊？"

"哎，可不是。"邢立军这才赶紧站起来，"快进屋，别感冒了。"

温承书跟着起身走过来，路过邢野身边的时候，邢野扭头看了看已经进门的邢立军，冲温承书挤了挤眼，小声笑道："紧张啊？"

温承书在他脑袋上揉了一把："还行。"

邢野一边笑一边跟着他进了门。

邢野提前跟邢立军说过要邀请朋友来家里过年，也简单跟邢立军说了一下温承书的家庭情况。邢立军听了挺心疼他们兄弟的，一见面就不自觉地热情过了头。

温宜年倒还好，温承书就没那么自在了，三十来岁的人被拍着肩叫乖乖的时候，搁谁都有点扛不住。

邢野看着温承书逐渐崩坏的表情，窝在沙发里剥着橘子，嘎嘎直乐。

邢立军今天一大早就起来准备年夜饭的食材了，温宜年闲来无事就跟去厨房帮忙。

离开饭还有一会儿，邢野朝厨房看了一眼，把手里的橘子瓣递到温承书面前，百无聊赖地说道："去我房间里看看吗？"

温承书不太喜欢吃橘子，摇了摇头，却还是说："好。"

"走吧。"邢野把剩下的橘子塞进嘴里，抽了一张纸巾擦了擦手，起身。

对于温承书来说，邢野的房间不算陌生，毕竟邢野在家里时，两人也视频聊天过。

房间不算大，刷着淡淡的灰蓝色墙漆，布置也很简单，除了书柜上堆放的颜料盒看起来有些杂乱，其他地方都收拾得很整洁。

温承书目光停驻在床头挂着的画布上，他走上前去："嗯？这是什么时候画的？"

温承书抬眼看去，这幅画与邢野在画展上提交的那幅画不同，这幅画铺了纯黑的底色，只用简洁的白色线条勾勒出一只手的轮廓。手呈握笔姿势，线条流畅细腻，手指修长而骨节分明，虎口点着一颗小小的痣，像点缀在漆黑画布上的星星。

邢野说道："刚认识你的时候画的，之前在我宿舍的墙上挂着，那会儿没好意思让你看。"

温承书扭过头看他："现在怎么又好意思了？"

"都这么熟了，还有什么不好意思的。"

邢野看着温承书："你知道吗，哥，其实在很长一段时间里，我都觉得自己不会画画了……我每天对着画板发呆，拿起笔又放下，好像画了很多东西，但又好像什么都画不好……直到遇见你。"

邢野的目光柔柔地看着墙上那幅画，语气中充满了感激与温情："因为你，我的灵感就一直没有枯竭过。"

温承书一时语塞，不知道该说什么。他知道邢野在绘画上的潜力，硬要说自己才是那个激发他灵感的缪斯，他觉得并不恰当。

"或许是你对自己的要求过于高了。"温承书斟酌了一下，说道，"你的创作才是最有价值的，和我关系不大……"

邢野顿了顿，突然问："哥，我把头发剪掉好不好？"

"嗯？"温承书的动作一顿，"为什么想剪掉？"

邢野微微偏头："你会不会觉得我留长发很奇怪啊？每次去你们公司都有人盯着我。"

"不剪。"温承书说,"看就让他们看吧。"

邢野笑了:"不是'再看就开除'吗?"

"不开。"温承书也笑了。

邢野"啧"了一声:"刚想说你有点霸道总裁的味儿了。"

温承书叹了口气:"霸道总裁也得养家糊口啊。"

"真惨。"邢野说。

邢野的头发没扎好,温承书把梳子递给他,看到他熟练地梳起自己的长发,问:"扎马尾?"

"编个辫子吧。"邢野想了想。

温承书沉默了。

邢野哈哈大笑:"不适合我吗?"

"有点。"

"哈哈哈,那我扎个双马尾吧,我抽屉里有丝带,你帮我拿一下,哥,我要打个蝴蝶结。"

"……"

话虽这么说,邢野倒也没真好意思在头上打蝴蝶结,拿发簪简单盘了个发髻,又对着镜子臭美了半天。

他拍了拍温承书的胳膊:"哥哥快给我拍张照片,我今天晚上要发个朋友圈!"

温承书掏出手机,给邢野拍了几张照片,拍完把手机递给他,搭着他的肩往门外带:"下楼了。"

夜幕降临,小院里渐渐热闹起来。

李苗苗吃了年夜饭就跑来了，这会儿非要拉着温宜年出去放烟花。

　　天空不知何时飘起了雪，雪花纷纷扬扬地从天上落下来，冰冷的空气中弥漫着雾气。绽放的烟花在这片雾蒙蒙的世界中显得更加璀璨。

　　温承书抬头仰望飘雪的夜空，细碎的雪花在寒风中飘飘洒洒，落在他的脸上，不是很冰，只是带着些许湿润的凉意。

　　温宜年和李苗苗站在不远处，低头正要点燃一串爆竹。

　　炮声响起时，温宜年忽然回过头来，对温承书露出了灿烂的微笑。

　　这是一个特别的新年，无论是对于温承书，还是温宜年。

　　邢父的热情款待和邢野的真诚关怀，让这份久违的温暖重新降临在他们的生活中。

　　邢野戴着厚厚的绒线帽，围巾遮住半张脸，只露出一双亮晶晶的眼睛。

　　在震耳欲聋的爆竹声响中，邢野扯着嗓子冲温承书喊："新年快乐，哥！"

　　"新年快乐。"温承书回道。

（全文完）